图书在版编目（CIP）数据

与喜欢的世界深情相依：短的是光阴，长的是爱的
凝眸 / 崔修建著 . -- 天津：天津人民出版社，2020.1
（当代著名作家美文自选集 / 凌翔主编）
ISBN 978-7-201-15737-5

Ⅰ . ①与… Ⅱ . ①崔… Ⅲ . ①散文集—中国—当代
Ⅳ . ① I267

中国版本图书馆 CIP 数据核字（2019）第 280592 号

与喜欢的世界深情相依　短的是光阴，长的是爱的凝眸
YU XIHUANDESHIJIE SHENQINGXIANGYI　DUANDE SHI GUANGYIN,
CHANGDE SHI AIDENINGMOU

出　　版　天津人民出版社
出 版 人　刘　庆
地　　址　天津市和平区西康路 35 号康岳大厦
邮政编码　300051
邮购电话　（022）23332469
网　　址　http://www.tjrmcbs.com
电子信箱　reader@tjrmcbs.com

责任编辑　岳　勇
特约编辑　吕　妍
装帧设计　陈　姝

印　　刷　北京楠萍印刷有限公司
经　　销　新华书店
开　　本　710 毫米 ×1000 毫米　1/16
印　　张　13
字　　数　200 千字
版次印次　2020 年 1 月第 1 版　2020 年 1 月第 1 次印刷
定　　价　49.80 元

目　录

第一辑　心怀善美，每一天都春光明媚

　　明媚的心，是开花的心。无论红尘如何喧嚷与嘈杂，无论眼前有多少尘埃或雾霾，只要你的内心始终明媚着，你的世界就一定是开花的模样。

心水清澈

　　一位年轻才俊，写得一手锦绣文章，大学期间便在报界赢得响亮的名声。然而，一场失败的初恋却令他陷入深深的痛苦之中，难以自拔，甚至一度感觉到"活着实在太累"。有一天，他满怀惆怅地走进深山中的一座寺院，希望禅师能够为其指点迷津。

　　禅师告诉他："人生在世，需要经常清水拂心。"

　　他不解："哪里去寻找清水？又如何拂心？"

　　禅师微微一笑："清水源于心，清水流于心。"

　　他依然迷惑："那又如何做到心清？"

　　"你不能左右天气，但你可以改变心情；你不能改变容貌，但你可以展示笑容；你不能改变结果，但你可以品味过程。"禅师细语如风，"求人不如求自己，求己不如求心。心，应该是一池澄澈的清水。只有心水清澈了，山石花树云霞飞鸟投映其上，才会出现各色美丽的风景。那样，日日是好日，夜夜是良宵，处处是福地，事事是自然，就没有什么能够污浊、困惑我们的了。"

聪颖的他茅塞顿开，轻松地下山去。从此，心清气爽地做人做事，勤勉写作，爱情、事业均成功得令人赞叹和羡慕。

他便是台湾当代著名作家林清玄。

梁晓声曾写过的一篇题为《清名》的散文，文中讲述了一个在许多常人看来显得十分固执的老妇人，一生都守着自己一尘不染的"清名"，八十三岁的她已身患绝症，仍坚持上山采茶赚钱，只为自己的生活不沾染一点点尘世的"污浊"。在许多世人眼里，老人苦了一辈子，累了一辈子，但老人却说自己这一生始终心清如水，活得干净，活得坦荡。她这样表白时，语气虽轻，却浸满自豪，自然而决然。

喧嚣和芜杂的人世间，有太多太多的诱惑，有太多太多的纷扰，有太多太多的患得患失，一颗颗本该清净、澄明的心，因填入了贪欲、名利、虚荣、嫉妒、仇恨等杂乱的东西，一下子失去了本来面目，变得浑浊不堪。于是被搅浑的心水驱动着许多人舍本逐末地忙忙碌碌，甚至不惜丧失尊严、不择手段地四处攫取，弄得一个个顾此失彼、身心俱惫，不知不觉中迷失了自我。全然忘却了，生命中还有那么多美景值得慢慢地欣赏，还有那么多好事、大事值得去做。

心水清澈，无论是静谧地持守，还是潺潺地流淌，了无重负，身轻路阔，于己于人，一派天然。如是，生命朴素而厚重，人生简单而富足。

美给自己看

　　朋友带我一路翻山越岭，前往深山密林间，去寻找那位养蜂人，只为给远方的亲人买到最为纯正的蜂蜜。

　　路上，朋友告诉我，那位养蜂人很能干，也很能吃苦，每年他都要带着蜂箱，去很远的山林里，找到蜜源最丰富、最安全的地方，一个人驻扎下来，长时间地忍耐着孤独，直到收获了让人啧啧赞叹的蜂蜜，才会欣然地回到山下的小村，和家人幸福地团聚。

　　养蜂人的妻子身体一直不大好，他赚的钱，很多都换成了妻子的药费，他对妻子的种种好，熟悉他的人没有不竖大拇指的。前年，他的妻子病逝了，原本就有些不大爱说话的他，一下子变得更沉默了，人也苍老了许多。他有一个女儿，在南京读大学，听说学习挺好的。只有提起女儿，他的话语才会多一些，语气里也多了自豪。

　　在转过一个山窝窝时，一条清凌凌的小河，突然出现在面前。河水清澈见底，河中有巨大的白岩石和光滑的鹅卵石，石缝间有小鱼欢快地游着，我俯下身来，掬一捧河水送入口中，一股惬意的清凉直抵肺腑。

真爽，我不由得又喝了几口。

蓦然抬头，前面不远处，一个穿红格衫的女孩，正蹲在河边的那块青石板上，蘸着河水，轻轻地揉洗着长长的秀发，绵软如絮的阳光，轻吻着白嫩的臂膊。她没有使用洗发香波，也没有用香皂，只选了从山中采来的天然皂角。那垂向河水的如瀑的黑发，与她柔曲的腰肢，以及身后那青翠的山林，构成了一幅天然的美图。

女孩直起身来，拿出一把木梳，以河水为镜，一下、一下，爱恋有加地兀自梳理着湿漉漉的秀发，像一只极为爱惜自己羽毛的孔雀。

"真是一个爱美的女孩！"我轻轻地赞叹道。"她是美给自己看的，"朋友一语轻松道。

是的，她一定是居住在幽深林间的某一个小屋，很少有人能够看到她的美，但那又何妨？她可以美给自己看啊。

继续往前走，眼前猛地冒出一大片开得正艳的芍药花，我和朋友都惊喜地喊叫起来，我们跑过去，欣喜地用手抚摸着，贪婪地嗅着花香，还拿出手机，不停地拍照，恨不得把那令人惊颤的美，全都收录下来。

"可惜了，藏在这样的深山老林，很少有人能够看到它们的美丽。"朋友有些惋惜道。

它们是美丽给自己看啊！我立刻联想到了刚才在河边洗发的那个女孩，想起了朋友的话。

对，它们的美丽是给自己看的。我和朋友恋恋不舍地走开了。

终于见到了那位养蜂人，他穿一件很干净的深色衬衫，头发整齐，胡须剃得干干净净。真是一个利索人，与我想象中的蓬头垢面、胡子拉碴的形象，实在是相去甚远。

距离那一大排蜂箱两百多米远，有他搭的帐篷，还有用枯树搭建的凉棚。他从凉棚底下，搬出一罐罐封好的蜂蜜，一一地介绍给我们，热情地让我逐一品尝，果然都是上好的蜂蜜，他的要价也不高，比我预想的还要低一些。我有些眼花缭乱地选了好几种，多得朋友直笑我贪婪了，要背不动的。养蜂人送我一个大塑料桶，告诉我回去后马上把蜂蜜倒出来，换装成小罐，还叮嘱了我许多保存蜂蜜要注意的事项。

在愉快的交流中我发现，他的居所四周都做了精心的美化，碎石块砌成的排水沟，藏在幽密处的厕所，帐篷前居然还移栽了许多野花，有幽兰、芍药、矢车菊、如意兰、扫帚梅，还有一些是我叫不出名字的，他的凉棚上缠绕的，则是一簇簇牵牛花和紫藤花。

我不禁赞叹他是一个热爱生活的人，独自在这来人稀少的地方，还把一切都安排得那样井井有条，那样让人看着舒畅。

他不好意思地笑笑，告诉我们：已经习惯了，一个养蜂人，走到哪里都是家，是家就要装扮得漂亮一些，没有人来看，就给自己看。

是美给自己看。我和朋友相视一笑，不约而同地总结道。

"就算是吧，干净一些，利索一些，漂亮一些，自己看着心里也舒坦，"养蜂人说着，把一个自己用桦树皮编织的精致的小花篮送给我，我道了谢，想起朋友说过他喜欢看书，从背篓里掏出特意带来的一本我写的书。看到我在书上签了名，他满脸自豪道，以后再有人来这里买蜂蜜，就拿给他们看，告诉他们，他有一个省城的作家朋友，也喜欢他的蜂蜜。

我笑着对他说，您的蜂蜜不用我的书打广告，看到您周围这一片美景，就能想象得到。

此行不虚，不仅买到了上好的蜂蜜，还有了惊喜的发现和由衷的感慨——无论身处何地，无论日子是否顺意，都应该像那些恣意绚烂的野芍药，像那个临河梳洗的少女，像那个把自己和帐篷里里外外都装饰得漂漂亮亮的养蜂人，即便没有人欣赏，那也要尽情地美给自己看。

爱得纯净

　　那天的《开心辞典》节目中，先后上场的三位选手因实力、定力或运气等，都只答对了一两道题，便遗憾地退场了。

　　第四个登台的是一位在读的女大学生，来自江南水乡的她，脸上挂着一抹羞涩，执意不肯说出自己的梦想，理由是："如果过不了关，说出来就没有意义了。"

　　三道题轻松答对，女孩顺利过了第一关，主持人王小丫问她这会儿可不可以说出自己的梦想，女孩莞尔地摇头。而接下来的答题，她将自己的聪颖、机智与沉着发挥得淋漓尽致，即使观众看得一头雾水的那偏题、怪题，女孩也能轻松地对答如流。观众的掌声一次次响起，王小丫也频频颔首赞赏，可她始终执拗地不肯宣告自己的梦想。

　　最后是一道极其复杂的数字推理题，难度陡然加大，还有很短的时间限制。女孩低头望着地面思索了片刻，然后自信地给出了一个答案。

　　这时，王小丫对她笑着："我先不告诉你正确答案，希望你现在就告诉我们你的梦想。要不，万一你答错了，你的梦想就成了永远的秘密。"女孩阳光一样甜甜地笑了，明净的眸子里透着可爱的坚定："我的答案是正确的。"

果然，女孩赢了。王小丫伸手向她祝贺。女孩青春的脸上洋溢着喜悦，她轻轻地说："我要给西藏的一位朋友打个电话，我的梦想是送给他的。"

他是怎样一位特殊的朋友呢？一向机敏的王小丫按下了免提键，全场肃静倾听。

当粗犷的男音传来时，女孩满怀的激动再也抑制不住了："我在'开心辞典'答题，全都答对了。"那边传来欢喜的祝贺与夸奖。女孩继续说："你不是希望拥有一台笔记本电脑吗？我今天帮你把梦想实现了。"电话那端的他显然始料未及，惊喜得有些语无伦次了："谢谢你记得我的梦想，我代表这里的孩子们谢谢你，暑假再来这里看草海，再来看蓝天吧。"

"我还要把你的故事告诉更多的人，与你的梦想一起飞翔，我是幸福的，我相信这样的幸福也会感染许多人的。"女孩温柔得如站在痴情的恋人面前。

原来，他是女孩在一次去西藏采风时邂逅的牧区小学教师，他师大毕业后偕女友自愿来到那条件艰苦的地方工作。在那里，目睹那对年轻人虽清贫却不乏快乐与充实的生活，女孩恍然明白了——其实，生命中有一种爱，完全可以像藏区的蓝天一样辽阔、澄净，完全可以像牧场的野花一样自然、纯朴。此后，女孩便把他那天不经意说的一句话，牢牢地记在了心中，直到今天以这样特殊的方式，做了纯洁如雪的表白。

由衷的掌声如潮地涌来，现场观众全被女孩演绎的这些美好的情节感动了，王小丫的眼里也闪动着晶莹。是啊，可以想象，这个慧心的女孩该是带着怎样真挚、纯粹、深厚的爱意，经过层层预选，一路过关斩将，才走上赛场，并最终赢得心中最大的幸福的。

就在那个繁星闪烁的夏日夜晚，美丽、智慧、善良、单纯的女孩，面对全国的观众，将滚滚红尘中的一份真爱真情，诠释得如此自然、纯洁。望着荧屏上女孩开心的笑容，我相信很多观众的心田一定会涌入缕缕温馨的清风，那是花蕊般无法拒绝的纯净的爱。

把我的明媚送给你

　　站在地铁站进出口通道里，他斜挎一把廉价的吉他，像立于舞台中央的歌手，声情并茂地自弹自唱，经典的、现代的、民族的、流行的，一曲接一曲，那些飘动的音符和跳荡的歌词，不断地向过往的行人传送。偶尔有人驻足，有人喊一声"好"或送上响亮的掌声，他唱得更加卖力。他身前那个纸箱里，散落着行人随手放进去的少许零钱。

　　他没上过任何艺术学校，也没有拜过任何老师，更没有专门学习过发声技巧。他是一个初中便因贫困辍学的农民，只因喜欢唱歌，他背着简单的行囊，从大西北的一个山沟里，独自来到北京。有不少像他这样在地铁通道内唱歌的，但他很特别，瘦弱的他底气十足地一亮嗓子，整个人儿也立刻神采焕发，眼睛里满是激情，那忘我的陶醉，让人觉得他也是这个世界上的富豪。

　　其实，他每天的收入非常有限，除去租住地下室的费用和最低的生活花销，他每个月只能寄给家里几百块钱。而他，似乎十分知足，一直坚持了五年，无论是汗流浃背的夏日，还是寒风刺骨的冬季，他的歌声始终飘荡在地铁通道里。

问他为何唱歌时那么有精神？他回答："因为一进入音乐世界，眼睛和心里就多了明媚，就忘却了日子的窘迫和艰涩，只感觉生活中还有那么多的美好，像阳光一样随手就能摸到。"

于是许多人便看到了他明媚的笑容，听到了他明媚的歌声。

那是一个卖手工艺品的女孩，因患有先天小儿麻痹症，她跛脚跛得很厉害，走路都十分费劲，她的小店也没有什么奇异之处，但还是有许多人绕了远来她的小店，只因喜欢看她整天挂着笑意的面容，喜欢听她温温婉婉的话语，和她在一起，似乎那些忧愁、烦躁、焦虑等，都突然消失了影踪，只有清新和舒畅，连空气里都充溢了快乐的因子。

独自的时候，她会手捧一本喜爱的书，静静地阅读，那些美妙的句子，仿佛是神奇的魔法师，带她走进了一个又一个精彩的世界，让她兴奋地流连其间。彼时，她的身前背后，簇拥的都是醉人的美丽。

后来，她不可遏止地拿起笔来，开始书写起心中翻涌的那些奇思妙想。很快，她的那些纯净的文字走进了更多的心灵，人们在她的文章里面，读到了许多令人心暖的故事，读出了梦想、热爱、奋斗、坚韧，等等。一如她阳光般的笑靥，令熟悉的和陌生的人，都发现了生活的色彩原来是如此缤纷，如此令人迷恋。

她说过，连死亡都无法阻拦那些花朵明媚地绽开，那小小的疾病又怎能挡住渴望美好的心灵。她从不以愁容示人，从不让悲苦感染他人，因为生命的每一天，都是上帝的恩赐，都是不应该辜负的。

一位作家朋友讲过一个故事：他和她刚刚新婚不久，突如其来的一场车祸，让他在重症监护室里整整躺了一个月。医生断言他即使能够活过来，恐怕也会成为一个植物人。他年轻的妻子听了，眼泪滚落如断线的珠子。然而，擦掉泪痕后，她每天都穿了漂亮的衣服，都精心地化了妆，守护在病榻前，一声声地轻唤着他，絮絮地说着他们爱情路上的种种美好。

他终于睁开了眼睛，却失去了记忆，连面前娇媚的她也认不出来了。可她还是笑了，仍不时地换了漂亮的衣服，描了眉，涂了粉，虽然衣服都是仿名牌的，很便宜，但都很新鲜，她穿了很有型，也添了不少的魅力。她用的那些化妆品，也都是廉价的，可还是为容颜增了几分美丽。她脸上始终洋溢的让忧伤退却的微笑，任是谁见了，都要心生敬佩。

有人问她：他已经那样了，她为何要如此用心地化妆，打扮得如此漂亮，她一语坚定地答道——我把我的明媚送给他，等他和我一起明媚我们的生活。

滚滚红尘中，有很多像她那样的平凡人物，他们面对大堆的不如意，没有抱怨，没有消沉，而是以明媚的笑容，迎接种种不幸，在艰难中唱一首欢乐的歌，在寂寞里写一篇幸福的美文，在悲苦时还不忘给世界添一份美丽……他们深知：即使命运只给了自己两块石头，也要用它撞击出耀眼的火花，点亮美丽的人生。

向一棵树道歉

这是发生在加拿大的一个真实的故事。

2009 年 5 月的一个周末，作为一家公司总经理的杰克，驾驶着奔驰车急匆匆地赶往渥太华，他要去见一位美国来的投资商，期望能够得到一笔急需的资金支持。一路上，他的大脑都在不停地旋转着，想象着这次重要的会面后，可能会发生的种种情形。

在一段狭窄的山间公路上转弯时，他的车差一点撞上迎面呼啸而来的一辆大货车，巨大的惯性把他的车推下了公路，车撞倒一棵杯口粗的樟树上，停了下来。

那辆大货车根本不知道后面发生了什么，很快便消失得无影无踪。还好，及时打开的气囊，没有让杰克受一点点的伤。他走下车来，看到那棵樟树几乎被车拦腰撞断了，半截树桩与撞断的部分，只连着一点点的皮。

"可怜的朋友，你一定很疼吧？实在对不起。"杰克小心翼翼地抚摸着断裂处，慢慢地把躺在地上的树扶起来，用随身携带的胶带固定住。

随后，他又从附近找来几段枯木，做了一个环形的支撑架。

"抱歉，让你受苦了，愿上帝保佑你度过这一劫难。"杰克又用一块干净的擦车布，为樟树包扎了一下伤口。

耽搁了一个多小时后，杰克缓缓地启动车子，继续赶路。

没走多远，杰克忽然想起一本书里介绍过接上断树的注意事项，感觉刚才自己用胶带紧紧缠绕断口的方式，有些不妥。于是他赶紧调转车头，赶往"受伤"的樟树那里。

这时，投资商的电话响了，他抱歉地说恐怕要迟到了，因为有一棵"受伤"的樟树需要他。投资商困惑地问他，难道一棵樟树比几百万美元的投资更重要吗？他认真地说："一样重要。"

"真是一个莫名其妙的家伙！"投资商在那边嘟囔了一句。

细细的雨丝毫无征兆地就飘了起来，杰克担心又加重了，他不知道雨会不会大起来，受伤的樟树能否挺得住……他开始责怪自己开车有一点儿走神，伤害了那棵无辜的樟树。

解开那密不透气的胶带，他找来一些枯草编成绳子，一圈一圈地缠绕在樟树的断口处。每缠一圈，他都轻轻地道一声"对不起"，仿佛樟树的疼痛已一股股地涌进了他的身体。

等到他赶到渥太华时，那位投资商已经离开了。一笔对公司发展至关重要的资金没拿到，他的确感到有些遗憾。可是一想到那棵受伤的樟树，杰克便再也坐不住了，他又立刻打电话向一位植物研究所的朋友请教，按着朋友的指点，他再次对受伤的樟树做了细致入微的护理。

三天后，他又专程赶到樟树那里，陪着那棵樟树默默地坐了好长时间。

公司的流动资金极度短缺，杰克心里特别着急，他四处奔波，寻找解决的办法。可是他始终放心不下那棵受伤的樟树，仍挤时间走遥遥的路去看望它。看到遭受重创的它一天天地好起来，他心里也轻松了许多。

他和那棵樟树的故事，不经意间被一位记者知道了。在接受采访时，他依然面带愧疚地坦言："我要诚恳地向那棵樟树道歉，是我的不小心让它受了伤，承受了那么多的痛苦。"

那位投资商知道了杰克那天失约的真相，特意打电话给他，说愿意向他的公司投资，因为把资金投给他这样有仁爱之心的经营者特别放心。杰克的公司也由此受到了世人更多的关注，公司经营得更加红火起来。

的确，能够向一棵"受伤"的树道歉，为树的疼痛而心疼的人，其心灵该是怎样的柔软，其情感该是怎样的细腻啊？以这样的心怀为人处世，自然会赢得无数的敬重和赏识。

为了那份信任

他叫何贵山，十七岁那年他便开始在县城里出苦力，拼命地劳作，也仅仅是勉强维持一个人的温饱，直到后来追随那位盐商郑老板走南闯北，他的生活才算是有些改善。郑老板非常欣赏他的忠厚、勤勉，对他十分信任，一些重要的事情也敢交给他去办。

1944年冬，一直在秘密帮助八路军运送物资的郑老板，因叛徒出卖，全家都被日本宪兵投入了监狱，最后都惨遭杀害，只有一个在外地读书的儿子躲过了劫难。

郑老板在被捕前，曾经交给他十根金条，叮嘱他：“你一定替我保管好，万一哪天我出了事，请把金条交给我儿子。”

他把金条装进陶罐里密封好，埋到了老家的后山祖坟旁的一棵老树下面，也把一个秘密深深地埋在了心底。

解放后，他回到了家乡靠山屯，娶妻生子，守着几亩薄地，过起了清贫的日子。

六十年代的大饥荒，他家里好几个月吃不到一粒米，整天吃树皮吃得浑身浮肿，妻子挖野菜时坠下山崖，三岁的小儿子活活被饿死了。

即使那样，他也没有想过动用那十根金条，仿佛它们根本就不曾存在。

有一年，他害了一场大病，因交不起高昂的药费，让女儿含泪拉回家中听天由命。没想到，他竟然打败了死神。病愈后的他，虽说清瘦了许多，但身子骨却硬朗了许多。他笑呵呵地对女儿说："我死不了，是因为还有心愿未了呢。"

"那是啊，您还要看着我们过上好日子呢。"女儿并不知道父亲心里还有一个沉甸甸的心愿——只有把那十根金条交到郑老板的后人手里，才会心安啊。

八十年代中期，女儿开始经商，资金最紧张时，他卖掉了家里老房子。十多年的辛辛苦苦后，经商赚了钱的女儿，在县城买了宽敞的楼房，要接他过去享享清福，可他说什么也不肯，借口不愿意离开住着习惯生活的山村。其实，他留在山村里，是等郑老板的后人在某一天突然出现。

2006年深秋的一天，他正微眯着眼睛坐在墙脚听收音机，仿佛惊雷般的一瞬，他猛地站起身来——那位归国工程师讲述的一个小故事，提到了郑老板的名字，还提到了与他有关的那个没有凭证的托付。

原来，1949年前夕，郑老板的儿子便去了美国，虽然记得父亲曾说过有一笔财产托付给了何贵山保管，但世事沧桑，国际、国内风云变幻，郑老板的儿子与何贵山一直没有联系上，随着时间的流逝，他和他的后代们已渐渐淡忘了这件事。

几经辗转，步履蹒跚的他终于找到了那位工程师——郑老板的孙子，将埋藏了六十二年的十根金条递给已经人到中年的工程师手里，一件跨越了无数风雨的心愿终于实现了，他热泪盈眶地喃喃道："郑老板，您托付给我的事，我终于完成了……"

两个月后，在一个大雪纷飞的晚上，何贵山老人无疾而终，享年九十岁，是靠山屯寿命最长的老人。村民们都感慨——老人守着一大堆金条清贫了一辈子，精神纯净得就像枝头那白白的落雪……

我看到了天使的样子

一位曾去甘肃西部偏远山区支教的年轻女教师，给我讲述了一个终生难忘的故事——

我支教的学校是一个异常干旱的山区，到处是裸露的山岩，难得看到几抹绿色。村里的男人几乎全都出去打工了，女人也出去了大半，留守的只有老人和孩子。村里有一所小学校，破败不堪，除了一个跛脚的老教师，其他的人都忍受不了这里生活的艰难和收入的微薄，都陆续地离开了。

我这个来自大城市的漂亮的大学生刚一进村子，就听到有人大声地打赌，嚷着说我肯定不会待在这里超过三个月。的确，村里的教学和生活环境，都远远地超出了我的想象，如果不是亲历，实在难以相信，在21世纪的今天，在西部还有那样闭塞、落后的地方，连辛苦收集来的发霉的雨水，都那么珍贵。我想洗一次澡，需要花费一天多的时间，转三次车，赶到几百里外的县城，才能找到一个浴室。

我教三、四两个年级的语文课，学生的基础差得叫人触目惊心，许多学生连拼音也不会，错别字随处可见，一个简单的造句，也会语病百出。因为老师来来走走，学生们总是时断时续地上课，所学的东西都快遗忘干净了，一些学生对学习也没了兴趣。

我教的班上有一个叫李望富的学生，他是一个非常懂事的男孩，学习刻苦，成绩最好。每当课堂上有学生调皮，他都会站起来帮我管住。我问他的理想是什么，他说要做一个像我这样的好老师。我说自己还算不上一个好老师，他说能在这么艰苦的地方呆住的就是好老师。

望富的家离学校非常远。我问他到学校的路途有多远，他说不上来，只说如果跑着走，最少需要两个多钟头。望富的回答激起我要一探究竟的好奇。周末放学时，我提出要与望富一同回家，去做一次家访。

望富惊恐地阻拦我："老师，你别去了，太远了，路还不好走，会累着你的。"

"没事儿的，老师不是那么娇惯的，我在大学里还是长跑运动员呢。再说了，你不是每天都要往返于学校和家之间么？"我换好了一双轻便的旅游鞋。

刚一出校门，望富便从帆布缝制的书兜里掏出一双草鞋快速地换上，我愕然地发现他没有穿袜子，只是在脚上缠了两条布带。他羞涩地告诉我，山路崎岖，很费鞋的，他穿的草鞋是自己编的，布带是捡来的。

我和望富边走边说，不知不觉间三个小时过去了，我的双腿已累得迈不动了，天色也已暗了下来，还没到他的家。我问他还有多远，他说快走还得半个小时吧。好容易走到望富家，一下子坐到他家门口的石凳上，我累得再也站不起身来了。很快，望富端来了半盆热水，让我赶紧泡泡脚。

我先洗了脸，又叫望富也过来洗洗，并把随手带的一块香皂递给他，他把香皂放到鼻前贪婪地闻闻，说了声"好香"，却没舍得用，而是叫妹妹也过来闻闻。看到他们那样爱不释手，我就送给了他们，两个孩子连连道谢，脸上是一览无余的欢喜。

我脱下磨了两个洞的袜子，舒坦地泡了脚。我起身要将泡脚水浇到院子里的花坛中，望富却宝贝似的端到一旁，让患了白内障的奶奶坐下来，慢慢地帮着奶奶洗脚，看到奶奶那副很享受的样子，我的心里暖暖的，只想落泪。接着，望富又让妹妹过来洗了脚。那盆水已经很混浊了，望富才把双脚放进去，他说真的要感谢我，让他和奶奶、妹妹都借光洗了一次脚。

晚饭是望富和妹妹一起做的：小米干饭，一盘炒蕨菜，一小碗炒鸡蛋，还有一小碗萝卜咸菜。望富不停地往我碗里夹鸡蛋，他的筷子却总是瞄着萝卜咸菜。

这时，我才知道，望富家是村子里最穷的，她母亲得了肝腹水去年去世了，父亲常年在外面打工，妹妹已辍学在家两年多了，他是靠希望工程的捐助才返回校园的。

回到学校，我在书信中向远方都市里的同学们讲述了支教学校的情况。很快，同学的捐献的衣物、书籍等，便从四面八方邮寄到学校里，有一位中央大报的记者还专程来采访了一次，图文并茂的报道过后，又引来很多热心人的关注和帮助，其中，最大的帮助是，有人出资为村里和学校各打了一口深水井，基本上解决了饮水难的大问题。

我不过是做了一点点举手之劳的小事，但很多学生和家长都感激地称我是美丽的天使。

望富的妹妹又上学了，她洗得干干净净的笑脸上，散着淡淡的皂香。下了课，她就趴在办公室的门口，目不转睛地盯着我看，一次又一次，我看到了，她就跑开了。没多久，她又在盯着我看。

当我好奇地抓住她，问她为什么总是看我。她仰起天真的笑脸，告诉我："老师，我不知道美丽的天使长得是什么样子，可我相信，天使一定和老师是一样的。所以，我看着老师，就是看着美丽的天使。"

我激动地把她揽到怀里，轻轻地摩挲着她的小辫，眼角一阵灼热。

不加锁的幸福

那天，我去一个偏远的林区小镇看望大学同窗晓薇。

车子在崎岖的山路上颠簸了四五个小时，才把我带到那个晓薇在信中描述得无限美丽的小镇。到了她的学校，她正在上课，而且是连续的4节课。晓薇就让我先到她家去休息一下。

我正疲惫，听明白了她指示的去她家的路，便向她要钥匙。

她莞尔道："去吧，我家没锁门。"

"没锁门？那你家里有人？"我惊讶道。

"没人啊，你放心地去吧。"上课铃声响了，晓薇赶紧走了。

晓薇怎么搞的？家里没人也不锁门，不怕……我疑惑不解地朝她家走去，沿路上又问了两个热心人，在他们的指点下，我顺利地找到了晓薇的家。

轻轻一推，外边那扇黑色的大铁门"吱呀"一声开了，往里走，内屋的门也没上锁。

无须上锁，难道这儿已达到了"路不拾遗"的文明程度？我心里嘀咕着，打量起晓薇整洁、简朴的小屋，屋里除了两个惹人注目的大书柜，两张硬木书桌外，唯一的电器就是一台十四英寸的老式电视了。

晓薇上班不锁门，难道仅仅是因为她的清贫？虽说她是我们那届同学中分配到最基层的一个，日子怎么也不该是最苦的了……

晓薇回来时，笑着问我："光临寒舍有何感受？"

"是有点儿'寒舍'的味道。晓薇，你丈夫在县委宣传部上班，你文笔那么好，调到县城上班该是没多大问题吧？再说了，总这样两地分居也不是办法啊。"我关切地问道。

"我和爱人倒是都觉得这样挺好的。"晓薇一脸的幸福。

正说着话，左邻右舍听说晓薇来了同学，纷纷送来吃的——鲶鱼、香肠、咸鸭蛋……还有一捆生菜、一碗鸡蛋酱。笑迎那一张张亲切的脸、那一句句暖暖的话，我感受着这里的人们对晓薇的尊敬和关心，感受着人与人之间那浓郁的亲情。我不无羡慕道："晓薇，你人缘真好，摊上这么好的邻居。"

"这回你该明白我为何不上锁了吧？"晓薇麻利地拾掇着饭菜。

"家里没人，还是锁上门好。"我想起自己在省城的家，那厚厚的防盗门，左一道保险、右一道机关地锁得紧紧的，还经常担忧呢。

"不能锁的，家里常来人。"晓薇轻松地回答道。

"常来人？你不在家时，家里还来人？"我更惊讶了。

"对呀，你看，我家有一口宝井呢。"晓薇指着厨房里的一口压水井自豪道。

"怎么，你们这里还没吃上自来水？"我真有些恍如隔世的感觉了。

"快了，明年这个时候就能接上了，我家这口井打得深，水好喝，现在邻居们都愿意来我这里打水。你说，我能锁门吗？"

"你可以规定一个打水的时间嘛，要不你的家不成了随来随往的供水站了？"

"对啊，我就是要建一个全天候的供水站啊！"晓薇爽快地说。

"你放心地让邻居来打水，难道不怕有坏人趁机闯进来拿东西？"我不放心道。

"不用怕，我这屋里随时都有熟人来往，前屋后院的老人都会帮着我照看着呢，再说了，即使有小偷进来，你看看，我这儿有啥值得拿的……"晓薇露出一副很开心的神态。

很快，巧手的晓薇便用邻居送来的东西，做出一大桌子色香味俱全的菜肴。一边吃着可口的饭菜，一边细细地品味着晓薇对我讲述的一件件浸润着浓浓亲情的小事，我竟生出了无限的羡慕。

整日地劳心劳力的我，坐在晓薇简朴的小屋里，心中拂过缕缕温馨，心情陡然轻松了许多。

回去的路上，我的眼前老是晃动着晓薇那甜甜的笑容，她那不上锁的大门，她那引以为自豪的压水井……那些生动的景象，像一股久违的情思，不停地叩击着我那被物欲日夜缠绕的心扉——原来，真正的幸福，不在于是否拥有豪宅大院，不在于拥有多少财物，哪怕仅有一口蕴藏清澈、甘甜的井，只要有一颗时时敞开的、无须上锁的心灵，即便是清贫的日子，也会散发出至真至醇的芬芳……

熟悉的地方也有风景

那两位著名的作家，是一对年过半百的伉俪。他们久居大兴安岭深处的一个林区小镇，这次到京城领了一个重要的文学大奖，便谢绝了组委会安排的一系列游览活动，匆匆地乘车往回赶。问及原因，回答竟是——他们居住的小院里的两棵杏树，这几天又要开花了。

那么多没有游览过的名胜古迹不去欣赏，偏偏急着赶回去看自己熟悉的平淡无奇的两棵杏树开花。面对不解的问询，他们淡然笑道："身边有最美的风景，没必要花费更多的时间和精力去舍近求远。"

那真是一对固执而可爱的夫妻。笔者揣着很大的好奇，走近了他们的生活，走近了他们笔下描绘的神奇、俊美的自然与人文风景。确实，他们身边有着独特、美丽的风景值得欣赏。然而，再好的景致，若是太熟悉了，相信谁都难免会心生倦怠的，正如常言所道"熟悉的地方没有风景"。可是那两位妙笔生花的作家，为何总是那般迷恋眼前的风景呢？

对于我的困惑，两位作家微笑着这样解答："始终保持一份热爱，就会细细地去观察、体验和品味，就会在熟悉的地方，有许许多多新奇的发现。不要以为'年年岁岁花相似'，其实是岁岁年年花不同，今年的每一株树、每一朵花、每一条小溪，都和昨天有着很大的不同，而要发现藏在那些细微的不同之中的美，需要一双慧眼，更需要一颗爱心。"

哦，原来是这样：很多时候，人们先是倦怠了心灵，进而对身边的事物、景观、工作等，失去了欣赏的兴趣，失去了认真品味的热情。于是，便有了"生活在别处"的念头，便喜欢到远方去寻找迷人的风景，却常常忘了在自己的身边，也有着不断更新的风景。

一位著名的时尚服饰设计师，在谈到自己的设计理念和灵感获取时，这样一语平淡地感慨："最时尚的，就散落在最平常的中间，我所做的就是悉心地把它们挖掘出来。"没错，有时你的手头握着的，或许正是一块价值连城的宝石。千万不要熟视无睹，更不要随意地抛弃了。

每个人的生命都是一次短暂的旅行，每个人都有属于自己的路径和驿站。不断地寻找绚丽的风景固然没错，但当自己身处熟悉的某些环境中时，一定别忘了学会持久地欣赏感动你、吸引你的风景，更要学会在看似已没有风景的熟悉的地方，慧心地找到藏在平淡、平凡、平常中的那些新鲜、奇异的美景，深深地喜爱之，陶醉于一份恒久弥新的享受。

如是，请不要抱怨自己眼下的生活，不要总是急功近利地追逐所谓新潮的东西，不要让远处的喧闹与繁华，纷扰了本该宁静的心。抬起头来，好好地充实自己，先富足了精神和灵魂，随后，就会真切而惊喜地发现——哦，熟悉的地方也有迷人的风景。

花的禅语

　　朋友特别喜欢拍摄花，即便是一朵很寻常的花，在她眼里似乎都有着迷人的色彩，都是镜头不能错过的美景。于是追随着她的欢喜，我认识了许多新奇的花，知道了许多别致的花语。

　　世间林林总总的花，有人偏偏喜欢将其分为朴素的和高贵的两大类。

　　朴素的花，很像滚滚红尘中的凡夫俗子，被命运随意地抛落一处，兀自开放，兀自凋落，很少惹人注目，亦不关注太多，只偏居一隅，淡然地守望四季。譬如，山野间的一朵矢车菊，沟壑间的一朵打碗花，还有那绝壁上的满天星……似乎已卑微得低入了尘埃，如一粒随风飘逝的草籽，不管脚下的土地怎样的贫瘠，不管所处的环境如何恶劣，只是随遇而安，低眉顺眼，好像一切都注定是只能是这个样子，无可争辩，不可置疑。

　　高贵的花，则总是肆意地张扬着自己非凡的气度，那高傲的容貌，那红得发紫的颜色，常常别开生面，散出夺人魂魄的光芒。就像那些权势显赫的达官贵人，或者光彩灼灼的明星，纵然低调处世，也不免引人品头评足，而一经出场，便要锣鼓开道，清水洗尘，轰轰烈烈，热热闹闹，立刻吸引一大片关注的目光，并在大片的掌声簇拥下，尽显王者的风范。

难道花也有那么鲜明的高低贵贱之分？

有一段时间，我到处寻觅那些非同寻常的奇异之花，将那些非同凡响的花一一收入自己的相册内，不时地打开欣赏，甚至还炫耀般地推荐给朋友们——似乎收藏了那样的一些花，自己也变得高雅了许多。

后来，我又喜欢探究每一种花的花语。一边咀嚼花朵隐藏的秘密心声，一边欣赏花的容颜，别有一番深长的意味，像参禅一般。

渐渐地，我开始疑惑了——万花原本平等，是谁用怎样的标准将其分了若干级别？难道篱笆墙上那一朵牵牛花就一定比公园里的一朵牡丹花卑贱吗？难道那一朵泥泞里挣扎的无名小花就一定比案头那一支水仙花丑陋吗？

直到随着年龄的增长，随着对生命阅读的深入，我才恍然明白：是我们世俗的分别心，掺上了个人的好恶，粗暴地给原本平等的花朵，划分了世俗的等级，并为其贴上了十分庸俗的标签，仿佛在生活里将人分了三六九等，并由此而生出喜爱或讨厌，景仰或漠视，赞美或嘲笑……

而每一朵花，生而平等，都在赶着自己独特的生命之旅，或长或短，或美丽或素朴，从不清高自负，亦不自惭形秽。

而最美的花的禅语是什么呢？

一朵花，就是一个与众不同的世界。站在花朵之外，或许我们永远也无法真正地读懂花的心语。唯有进入花朵，进入花朵自然呈现的平和、淡然、欣悦、自由的天地间，沉浸于或浓或淡的花香里，方能与花同喜同悲，同歌同舞，与花相看两不厌，我看花美丽如斯，料花看我应如是。

第二辑　旷达一些，世界原来如此美好

　　目光再高远一些，胸襟再开阔一些，看轻一些事情，看淡一些名利，看透一些问题……旷达的心，比海洋还要浩瀚，比星空还要深邃；旷达的人，苦涩中也能咀嚼出香甜，废墟上也能舞蹈。

天生美好

　　老人的小屋在大山的深处，在近乎罕有人至的北极村以北的桦树岭腹部，一条小溪从小屋前静静地流过。

　　见到老人时，他正悠然地倚靠着一块青石板上，惬意地晒着太阳。

　　我问老人："听说您一个人在这里生活了十几年了？没有寂寞的感觉吗？"

　　老人乐呵呵地说："我不知道啥叫寂寞，我只知道每天都有很多事情要做。"

　　我不解地问："您这么大年纪了，还有很多事情要做？"

　　"是啊，早晨起来，带着我的大黑（一只忠厚的老狗），看看我房前屋后的果树、菜园，瞧瞧我那些欢蹦乱跳的鸡鸭鹅兔，满眼都是生长的快乐。等露水退去了，顺着那条山梁往上走，能看到一大片特漂亮的白桦林，随便找一棵，只要你愿意，就会从那上面一个个像疤痕似的亮眼睛里，读到很多生活真实的秘密。还有，你只需俯下身来，脚边的每一棵小花小草，都会跟你说很多的话呢……"老人说着，忽然将手指放到嘴边做了屏声的手势，然后将头仰向蔚蓝的天空。随着老人的目光，我看到了一团洁白如絮的薄云，正变幻着形态朝远处飘去。

"真美啊！"我不禁在心中轻轻地赞叹了一句。

似乎过了好长一段时间，老人才收回那欣赏的目光，不无自豪地告诉我："多好啊，在这里，不用花一分钱，随时都能看到好风景。比坐火车坐飞机，累得够呛地到外面去旅游要舒坦多了。"

"你天天待在这里，就没有厌倦过？"我想说这里太沉寂了，是不宜久居的。

老人依然笑着："天天都会碰到新鲜的事情，天天都有让人高兴的发现，怎么会厌倦呢？你看我养的那些花开得多好，还有那些果树，长得多精神。哦，你再看这几只蚂蚁，多勤快啊。"老人怜爱地指着脚边那几只正搬运食物的小蚂蚁，哲人般地告诉我："细细地瞧，细细地听，细细地品，哪里都有叫人舒心的好景致。"

"没有想过去山外看看么？"我知道老人有一个优秀的儿子在美国经商，很富有。

"也出去走过，但我感觉哪里的风景也没这里的好，天生美好。"老人站起来，硬朗的身板像一棵阅尽沧桑的老树。

"天生美好？"我轻轻地重复了两遍，望着老人那一脸的认真，一缕淡淡的芬芳，幽幽地在心底升起。

"是啊，天生美好。一棵树有一棵树的梦想，一朵花有一朵花的心事，一条河有一条河的故事，一块菜园有一块菜园的日子，它们都是善解人意的好朋友，你可以跟它们说心里话，也可以默默地听它们讲述生活的秘密。只要你愿意，肯停下来，肯用心去观察，去体会，你就会发现身边有那么多的美好，其实很简单，也很丰富，你的心情美好了，你的世界就美好了。"老人的话清清纯纯，就像一条叮咚着歌谣自信地朝远方走去的无名小溪。

"天生美好"，多么富有深意的四字箴言啊！置身于喧嚣的都市，我陡然少了许多的疲惫与烦恼，多了许多的轻松和惬意，因为我拥有了许许多多惊喜地发现。譬如，从原来叫我心烦的收废品的梆子声中，我听到了一种坚韧的声音；从拥挤的公交车上，我看到了许多温暖的场景；从酷暑期的加班中，我真切地感到了"我很重要"；从独自的夜晚里，我触摸到了"时间轻轻的脚步"……

哦，原来有那么多天生的美好，就簇拥在我们每个人的身边，只要愿意，谁都可以去发现，谁都可以去拥抱，谁的生活都会因此变得更加美好……

心轻草亦香

　　他是一位赫赫有名的房地产大亨，公司的业务遍布国内几十个城市，身家早已过数十亿元。现在，他栖居于小兴安岭下的一个小山村，没有激烈的商场争斗，没有觥筹交错的喧嚷，没有马不停蹄的奔波，眼前只有郁郁葱葱的一脉青山和那条兀自潺潺的清溪，陪着他悠然地注目着日升日落。

　　自从儿子到欧洲留学、妻子前往陪读以来，离开了安眠药，他几乎无法入睡，即使有时身心特别地疲惫，他仍难以安然入眠。说什么也不会想到，一向达观的他竟患上了中度抑郁症。于是他逃离了繁华的都市，来到这个僻远的林区一隅，住在村头小学同学家的一间闲置的小房里。

　　清晨，他在公鸡的啼鸣中醒来，踱到院前那丛牵牛花前，看着紫红色的花瓣上滚动的晶莹露珠，他禁不住伸出手去，想掬一捧淡淡的花香。

　　同学饲养的几只憨态可掬的大白鹅，很绅士地跟他打了一个招呼，便引领他朝村口那浮着莲叶的池塘走去。一路上，清新的空气拂面而来，让他惊讶地问同学："怎么连那些青草都有了馥郁的清香了？"

同学笑着："本来嘛，芳香的不只是花朵，青草也自有一股难言的香味。"

他不解："那我以前怎么没有嗅到呢？"

同学慢慢地摘去粘在裤脚的苍耳："以前，你的眼里塞了太多的东西，你的心里也被许多你认为重要的东西占据了，不要说是留意那些普通的青草了，就连许多美丽的花，恐怕都已经忽略了。"

他点头："没错，朋友送给我的两盆名贵的兰花，我也没心情、没时间去照料，自然也就没有感受到它们那特别的美丽和芬芳。"

同学指着眼前的各种不知名的小草，慢条斯理地告诉他："坐下来，静下心，仔细地闻闻，每一种草都有着自己的清香，淡淡的，裹着泥土的味道，也裹着花朵和露水的味道……"

他真的低下头来，伏在草丛间，认真地嗅了起来，果然像同学说的那样，那些平素不大注意的小草，真的散发着丝丝缕缕的清香。

午后，他和同学坐在院前的榆荫里，望着山坡上缓缓移动的两头黄牛和不远处那一畦茂盛的豆苗，慢慢地聊起了他们曾经的童年：那些在草地里撒欢奔跑的日子，那些快活地捕捉花蝴蝶的日子，那些挖野菜的日子，那些捡拾桦树枝做烧柴的日子……那么多温馨而美好的细节，至今仍那样清晰地铭刻在记忆之中，随便的一个话题，就让思绪蓬蓬勃勃地飘荡起来。

他不由得感慨："真的很奇怪，小时候，我们大家都没多少钱，却有着说不完的快乐；现在钱多了，却少了幸福的感觉。"

"是啊，那时候我们的心里没有什么负重，轻得可以飞起来，看什么都顺眼，做什么都舒畅，有一点点的收获就欣喜。"同学也赞同地慨叹。

"心轻草亦香"，他的心底突然涌入这五个字，瞬间便把他的灵魂摄住了。

是的，心的重荷解除了，目光所至便不再浮光掠影，耳朵里也自然地多了许多细微的声响，鼻子也陡然灵敏了许多，连手脚所及也多了鲜明的感觉。心境变了，身边的世界自然也就变了，本来就清香徐徐的青草，因一份淡定的情怀而香润肺腑，便也是再自然不过的了。

半年后，他的抑郁症不治而愈。再回到都市里，他将公司的业务进行了一番整合，把很多事情都交给了下属去打理，他不再过问许多原来害得自己劳累不堪的事情。腾出了大块时间，他便背着相机，悠然地拜访祖国的大山名川。无意间，竟成了有名的山水摄影师。

当有记者追问他，是如何在那些寻常的景物中，捕捉到了那极富诗意的一瞬。他坦言道："心轻草亦香，以淡泊的心态看红尘中的万事万物，自然会惊喜地发现很多美的景致。许多无价的东西，常常在不经意间信手拈来。"

没错，除去了心头的种种欲望和杂念，也就撤掉了许多遮蔽心灵的东西，以清爽的心境看生活，便自有许多真切的幸福自然地涌来。

最好的收藏是欣赏

去欧洲的旅途上，我有幸结识了一位著名的古玩鉴赏家。与其闲聊收藏，我提了一个问题："最好的收藏是什么？"

鉴赏家掷地有声地回答："最好的收藏是欣赏。"

"为什么是欣赏？"我面露困惑。

"没错，面对世间无数的奇珍异宝，你只需学会欣赏，便足够了。只有懂得欣赏的人，才真正明白收藏的真谛，不是占有，而是分享。"鉴赏家的目光深邃而清澈，一如蔚蓝、辽远的天空。

我不禁想起了"中国民间文化守望者"、台湾著名杂志《汉声》的创办人黄永松。他曾当过摄影师，做过导演，但从1971年开始，为了弘扬中国的民间文化，他开始以热情探寻的足迹，走遍无数的乡野和村落。他曾见识过许多民间珍藏，但他从不收藏，只是欣赏。

那一年，他偶尔在一部典籍中，得知贵州有一种特别的蜡染古法。于是他兴致勃勃地踏上了找寻之路，黔东、黔西、黔南、黔北，他记不清自己究竟走访了多少个山寨，问询过多少人，终于在贵州麻江县龙山乡青坪村，惊喜地见到梦寐以求的古法蜡染。

那位坐在青石板上晒太阳的曹汝讲老人已经一百〇二岁了，虽说背明显地驼了，却依然耳聪目明，身手敏捷。她拿出九十岁时以古老的竹刀、木蜡创作的背扇，黄永松的心立刻被点亮了：不可思议的构图，浑然天成的色彩，巧夺天工的技法……整件作品鸟语花香，春光明媚。

黄永松呆呆地望着那件稀世珍品，仿佛看到了博大精深的世界。

那会儿，黄永松正准备筹办一个"中国蓝印花布"展览。或许是对古法蜡染太痴迷了，他唯一一次想破例，购一件古法蜡染作品。

他与曹汝讲老人的曾孙商量后，曾孙同意转让一件背扇给他。然而，就在他拿了那件背扇准备离开时，老人却追了过来，抢回背扇，执意不肯让他带走。曾孙过来与老人耳语了许久，老人终于同意了，但她随即做了一个令人吃惊的举动——她用剪刀从背扇上剪下的一个小角，然后把背扇交给黄永松，认真地告诉他："我把灵魂留下，身体给你。"

"我把灵魂留下，身体给你。"轻轻地重复一遍，黄永松的眼角陡然一阵灼热。

原来，每一件与生命息息相关的物品，其实都是有灵魂的。面对那些具有灵魂的珍品，我们每个人都应该心存敬畏地欣赏，而不能占有性地收藏。

从那以后，黄永松一直要求自己和手下的编辑们，无论走到哪里，都"只带走照片，只留下脚印"，一路欣赏世间的美好，一路在心头珍藏美好。

细细想来，能够以一颗欣赏的情怀，去对待世间的万事万物，去与熟悉的或陌生的人们相处，那该有多好——看到美丽的景物，停下脚步，慢慢地欣赏，可以欢呼雀跃，也可以细细地品味，可以存于相机里，也可以留在画布上；遇见罕见的珍品，不妨好好地品鉴一番，把玩一番，把赞叹留下来，把欣赏印刻在心头；碰到可心的人，且与之谈笑风生，把由衷的欢喜留下，将难忘的记忆带走……因爱意盈盈的欣赏，斩断了欲望的羁绊，剔除了贪婪的缠绕，我们会蓦然发觉，目光柔和、身心清爽的自己，每一刻都会被一些美丽簇拥着，自己也成了美丽的一部分……

如果你执意要收藏一些东西，就像那位读懂了沧桑岁月的百岁老人那样，学会收藏一些美丽的灵魂吧。譬如，收藏那些时聚时散的云朵，那些情思悠悠的落花流水，那些质朴无琢的亲情，那些一尘不染的友情，那些甘甜纯美的爱情……只要你有一颗愿意欣赏的心灵，再加上一双欣赏的眼睛，你就一定会收藏到这个世界上最珍贵的东西。

天下最美的事情是读书

一位著名作家曾如是说——读书，可以领略天下最美的风光。

没错，即使你足不出户，一卷在手，你就可以自由自在地登山临水了：你可以尽情地欣赏庐山"飞流直下三千尺"的壮丽，可以细细地品味"大漠孤烟直，长河落日圆"的空旷，可以真切地感受珠峰顶上凛凛的寒风，可以清晰地倾听大海澎湃的涛声，可以徜徉于美妙的海市蜃楼之间，可以漫步于奇特的异域风情当中……总之，天下所有奇美的风光，都会在你轻轻翻动书页的瞬间，向你一一地展开。

读书，又何止于可以纵情地欣赏世间美景。读书，带给我们的实在是太多了——读书，可以开阔你的视野，可以丰富你的学识，可以开启你的心智，可以滋润你的情感；读书，可以让你细细地感受亲情、友情、爱情等等，让你整个身心都沐浴在真情的阳光里；读书，可以让你随时穿越时空隧道，与悠悠历史对话；读书，可以让你打破种族、语言、文化等种种藩篱，与整个世界广泛地交流……书籍是桥梁，沟通着古今中外；书籍是纽带，联系着五湖四海。置身于浩瀚的书的汪洋之中，你就是世界上最大的富翁了。

爱读书的人，一定是热爱生活的人。不分年龄、出身、职业、地位……在书籍面前，大家都是平等的读者。走进那些精美的故事，每一个读者都能体会到言语难以形容的温馨与快乐；流连于那些深刻的文字间，每一个读者都会感悟出生活与人生的奇妙与丰富。是的，读书是天下最美的事情，人人都可以去做，人人都做得到。

芳华岁月，应该是读书最多的岁月。广泛地读书，会让缤纷的梦想插上飞腾的翅膀，会让跋涉的双足踏出稳健的步履，会让人生的花季更加美丽，会让青春的风采更加动人……

在读书中，拥抱生活的苦辣酸甜，懂得该怎样展示潇洒的自我、展示魅力四射的独特风采；在读书中，感知人生的博大精深，找到怎样抵达成功的彼岸、怎样攀登辉煌的峰巅的途径；在读书中，困惑和烦忧会悄然滑落，顿悟与欣然会不时来访，聪慧的是大脑，丰富的是心灵，充实的是生活……以书为邻、为友、为师，加上你的信念、你的热诚、你的汗水，还有多少奇迹不能诞生呢？

哦，天下最美的事情是读书。每一个人都应珍惜时光，让飘逸的书香熏染纯洁的心灵，遨游于知识的海洋，自豪地标出属于自己的玫瑰色的人生航线……

凋落，也是一种美丽

一位法国女诗人说，有一种爱情，就像花朵，美丽不在绽放的时候，而是在凋落的时刻。

可是几乎所有的人，都特别喜欢爱的枝头繁花锦簇，却很少意识到，当爱的花朵开始飘坠的那一瞬，另一种美丽已开始启程。

一个男子，爱上了一个女子。他和她从小青梅竹马，中学时便开始恋爱了，为了能够在同一座城市读大学，男子放弃了进京的机会，选择了省城的一所很普通的高校，只因她考得不理想，勉强进了省城的一所高职院校。大学里，他年年获得一等的奖学金，还转让了一项发明专利，得了十万元的报酬。他慷慨地帮助她，为她交学费，给她买漂亮的衣服，陪她看蔡依林的演唱会，像对待公主那样，对她呵护有加。一晃，两人读完了大学，他与她谈论婚嫁的事，她反而不急，说再等等。这一等，便是两年多，而他等来的结果是她要远嫁异国的决定。原来，读大四那年，她恋上了新加坡来的一个留学生，她要嫁的是他。

他把自己关在小屋里，枯坐了三天三夜。他怎么也不会想到，本以为坚如磐石的爱情，匆匆地说走就走了。若不是自己亲历，他说什么也不肯相信，她决绝地离开时，似乎并没有多少愧意。尽管后来那个"横刀夺爱"的新加坡小伙子，要替她塞给他一笔钱，算是补偿。而他，断然拒绝了。爱已走开，再多的钱，又有什么意义呢？

难道就那样便宜了那个负心的女子？好友愤愤地要代他去找她，质问她为何辜负了他的痴情，再羞辱她一番。他连忙摆手，阻拦了好友义愤填膺的"讨伐之举"。

好友不解："你那样卑微地爱她，都低到尘埃里了，你对她怎么没有半点儿抱怨？"

他若有所思地反问了一句："你会抱怨一朵凋落的花吗？"

好友有些困惑："当然不会。"

他一语平淡："爱如花，凋落的时候，也同样无需抱怨，只需默默地面对凋落的美丽。"

好友依然有些不解："一个渴望花开的人，欣赏凋落的美丽，难道不会心痛？"

他平静道："一个真正会爱的人，懂得爱的萌芽、爱的绽放、爱的凋落，其实都是爱的枝头流动的美丽，都值得欣赏，就像欣赏云卷云舒一样。"

原来如此！好友不禁赞叹他的襟怀和睿智。

这时，他却有些不好意思了："当初，她突然地离去，我也曾痛不欲生，甚至一度怀疑过世间是否有真爱存在。就在我心灰意冷之际，我读到了那位法国诗人写的回忆录，在诗人动情的讲述中，我恍然明白了——既然有些爱，注定要像飘落的花瓣随风而去，无论怎样的努力，都无法挽留，那么为何不平静地目送花落，就像欣然地看着花开？因心中的那一份慈悲，会蓦然发觉那逝去的爱，也有一种无言的美，只要慧心地品味……

多年以后，他又遇到了美好的爱情，并如期地走进了幸福的婚姻殿堂。

偶尔，他也会想到那个远在异国他乡的她。对她，他心里早已没有了一丝的恨，只有一份真真的感谢，谢谢她在青春如花的年纪，曾陪他走过苦乐相伴的一程，并让他真正地读懂了爱情的要义。

记得一位哲人说过，看一个人的品性和智慧，不能看他得到的时候，而要看他失去的那一刻。

能够从绚烂的花开时节，看到美丽的风景和诗意，那是小孩子都有的眼睛；能够从飘落的花瓣里，看出美丽的诗意和思想，则是智者才有的眼睛。

如是，渴望爱的人，还有什么理由，为那些离去的爱，一再哭泣呢？须知：错过了月亮，还有星星呢，更何况许多的错过，诞生的不仅仅是遗憾，而是另一次美丽的花开。

慢慢地走上峰顶

纷纷扬扬的大雪整整下了一周，厚厚的积雪淹没了通向山顶的道路。

住在山脚下宾馆里的他，望着窗外乌蒙蒙的天空，焦躁不安地在大厅里走来走去，心里暗暗地抱怨着天公不作美，让他这一次登顶的计划不知又要推延多久。要知道，他已经登上了好几座著名的高峰了，眼前这座高峰或许是他最近几年里最大的目标了。

"年轻人，为什么不好好地欣赏欣赏眼前的美景呢？"一位老者走到他的身旁。

"我的目标是登上峰顶，而不是在这里看什么风景。"他不以为然道。

"登上峰顶又为什么？"老人慢条斯理地问道。

"享受登顶的快乐呗。"他不想向老人讲述那份特有的幸福，就像垂钓者看到鱼漂晃动时一样，那是言语所无法形容的。

"那为什么不好好地品味品味慢慢走上顶峰的快乐呢？"老人依然不紧不慢。

"慢慢地走上顶峰怎么会有快乐？"年轻气盛的他恨不得一步跨出两

步的距离。

"有快乐的，小伙子，我年轻的时候也跟你一样，以为快速地完成自己想做的事情，就证明是有本领，认为是最开心的成功。后来，我才知道——慢慢地成功，有时也是一种幸福，甚至是一种更大的幸福。"老人接了一个电话，向他挥挥手，慢慢地朝宾馆外面走去。

一个服务生走过来，向站在那儿正回味老人刚才那番话的他，说出了一个让他不敢置信的名字。没错，那位老人就是当今蜚声国际画坛的著名画家，他的一幅油画刚刚在法国拍出六百万欧元的天价。

"你知道吗？他是一个天生的色盲。"服务生轻轻地一语，响雷般地震住了他。

"绝对不可能？他的绘画一向是以色彩绚丽著称的啊。"他无法相信服务生的话。

"这是真的，你看看他给我的签名和留言。"服务生拿出一个签名本，他看到了那个曾在画册上见到的个性十足的签名，还有签名上面的一句赠言——慢慢地走向成功。

"这就是他成功的秘诀。他十五岁开始画画，五十五岁才卖出自己的第一幅画。当初，没有一个人看好他，都认为一个色盲是不会成为一个优秀的画家的。可是，他相信慢慢地走向成功，更喜欢在走向成功的路上欣赏那些别人忽略的风景……"服务生一脸崇拜地向他讲述老人的轶事。

"你怎么知道这些？"他还是有些疑惑。

"因为他跟我爷爷是邻居，我爷爷是一个聋子，可他的二胡拉得远近闻名，他们都懂得一点一点地去做事，日积月累，慢慢地就走向了辉煌。更重要的是，他们似乎并不看重我们敬慕的结果，而是对一路走来所经历的风风雨雨，有着一份特别的感情，因为有一份热情的投入，有一份认真的沉浸，更有一份从容的品味，那些过往的日子才变得特别地有意思，特别地耐人咀嚼。"受了熏陶的服务生，话语中也多了一些人生感悟。

哦，这些年来，自己忙忙碌碌地赶路，急切地一次次地向顶峰奋力攀登，却忘了留心欣赏山脚下和沿途的那些美丽的风景……陡然，他醍醐灌顶般地明白了老人刚才那句"慢慢地成功，也是一种幸福"的深邃内涵。

再次将目光投向窗外悠悠的雪花，他心轻如燕，又诗意如香茗，酽酽地簇拥而来。

向艺术致敬

　　1899 年，俄罗斯著名画家列宾，第一次来到距离圣彼得堡仅有四十千米的风光旖旎的芬兰湾，便深深迷恋上了这块有着天然油画色彩的土地。在那里生活了一个多月后，他越发喜欢上这块洋溢着艺术气息的风水宝地。于是，他毫不犹豫地买下芬兰湾岸边的一个庄园。庄园内有一栋三层的小木楼，附近是一湖清莹莹的碧水，四周则是茂密的橡树。列宾亲昵地给庄园命名为"别纳特"，俄语的意思是"老家"。

　　每天埋头绘画之余，列宾常常走出庄园，漫步于林中的幽深小径，倾听林间清脆的鸟鸣，嗅着橡树散发的清香，或者干脆坐在那些松软的树叶上，仔细地欣赏一只勤快的蜘蛛，怎样不辞辛苦地在树枝间编织一个漂亮的网，或者冲着那只迅急跑过的野兔欣然一笑。有时，他也会端坐在湖边，望着盈盈的湖水，细碎的阳光撒在肩头，温馨的风轻轻拂过，他的思绪会在一片沉浸的惬意中，悠然远去……

　　那绝对是一个静谧、安和的理想的居所。许多作家和文化名人，也常常慕名前来别纳特庄园欢聚，像托尔斯泰、高尔基、叶赛宁、夏里亚宾等人，都曾是庄园里的常客。

那是至今想来仍让人神往的一段好时光：一群才华横溢的艺术精英，怀着创作的热情和交往的真诚，聚拢在列宾的小木屋里，随意地坐着，站着，轻轻地走动着，壁炉里木桦子噼噼啪啪地燃烧着，桌上的咖啡飘着馨香，一个话题接着一个话题，轻松地交流，热烈地辩论，每一张脸上都洋溢着真诚与幸福。

有人说，列宾的"老家"是一个名副其实的艺术之家，是一个特别招人喜欢的艺术驿站。

然而，平静、自由的日子，还是一度被战争的硝烟冲散了。1942年，纳粹德军隆隆的装甲车，冲入了芬兰湾，别纳特庄园也被占领了。率军进入庄园的德军上校冯·卡登是一个酷爱艺术的军官，很欣赏列宾的作品。他命令士兵仔细搜查庄园，期望能找到一张列宾的画作。然而，他失望了，庄园内有价值的东西已悉数转移。当摧毁已成习惯的纳粹士兵欲将庄园付之一炬时，冯·卡登上校果断地上前制止了他们。他对士兵说了这样一句话："我们可以参观艺术家的居所，但没有权力毁坏它。"说完，他郑重地向小木屋敬了一个军礼，带着他的队伍向别处开拔。

因冯·卡登的一句话，别纳特庄园得以完好无损地保留下来。如今，那里已成为一个特别值得拜访的名人故居，每年都会接待许多来自世界各地的游客。每每听完讲解员介绍别纳特庄园幸存的故事，总有游客情不自禁地对冯·卡登上校送上一份特别的敬意。

是的，冯·卡登上校对艺术家的尊重，正是对人类美好艺术的尊重。这样由衷的尊重，足以跨越民族、政治、信仰等鸿沟。这其中，闪耀的不只是一个人的艺术品位，更是一个人的精神境界。

数年后，站在当年冯·卡登上校敬礼的地方，我向他致以一个来自中国的普通游客真切的敬意。谢谢他，谢谢他不仅保住了一个艺术家的故居，也保护住了我们无数心灵中那些柔软而温暖的东西。

我看到了花的灵魂

她只读到初二就流着泪辍学了，因为家里实在太穷。

十五岁那年，她便开始到省城打工，餐馆服务员、擦车工、童装工、送奶工、保姆……各种苦活儿、累活儿、脏活儿，已伴随她走过了十三年的青春时光。如今，她依然在一家快餐店打工，主要工作是送外卖，兼做刷餐具、摘菜等杂活，每天的工作量很大，月薪也只有六百元，可她很满足，因为到了晚上，她可以到附近的大学图书馆看书，还可以悄悄地溜进某一个教室，坐在最后一排旁听些喜欢的课。

二十八岁的她至今没有恋爱，她说她现在还没有考虑嫁人的问题，她不想走许多乡村女子那样的路——结婚、生子、养家糊口，一辈子拼命劳作，依然难免清苦。她想好好品味一下一个人的精彩生活：她现在与六个打工的小姐妹合租一间带厨房的小屋，合伙做饭。她的手艺是最好的，即使活儿干得多一点，她也不计较，大家都喜欢她这个"好姐姐"。

她爱美，喜欢打扮，会到地下商城精心挑选打一折出售的漂亮衣服，会给自己买一盒廉价的护肤霜，会买一副五元钱的太阳镜。她也有一只普通的花瓶，也向诗人李琦学习，花瓶里面从来不插花，只装半瓶清水。问她为什么，她的回答中诗意摇曳：那是花的灵魂，美丽的花，一朵朵地，开在我的眼里，更开在我的心上。

没错，她还是一个喜欢诗歌的女孩，每月必买的一本杂志是《诗刊》。这些年来，她读过许许多多的诗歌，仅仅自己动手摘抄的就有厚厚的五个日记本。她说她现在已经嫁给诗歌了，她喜欢每天睡觉前都要读一会儿诗歌，喜欢让那些饱含情思的美丽诗句，带着她走进一个个意境幽深的世界，沉醉于那些曼妙无比的诗情画意里。这时，所有的劳累和烦恼全都烟消云散了，只有无法言说的幸福簇拥着自己……

她也写诗，虽然她的诗艺不高，还处在模仿阶段，不少作品清浅、简单，有的甚至近乎幼稚，但这丝毫没有影响她写诗的热情，她始终在坚持着。她说读诗是一种幸福的享受，写诗也是一种幸福的享受，她的诗虽然现在还没有多少读者，连同屋的小姐妹们也不大喜欢，但她自己很喜欢就足够了。她愿意写诗，为墙角那棵坚强的小草，为故乡的小河，为远方辛苦劳作的母亲，为城市喧闹的马路，为早起的清洁工，为那些行色匆匆打工族……她说这些话时，脸上有一抹羞涩，还有一份认真，晶莹的双眸里蓄满的则是无瑕的真诚……

她叫郝燕，在我执教的那所师范大学中文系的选修课上，我偶然地认识了她。在将她的故事动情地讲给我的学生后，我这样由衷地感慨："在这样一个物欲滚滚的时代，一个还在为温饱打拼的女孩，依然怀揣一份诗意生活的情怀，坚持把每一个简单的日子都过得有滋有味，这样的人生注定是富足的，也是令人羡慕的，因为她屏蔽了世间的许多嘈杂，不仅听到了花开的声音，她还看到了花的灵魂……"

是的，她看到了花的灵魂，相信我们也看到了，当我们在面对这样一位懂得诗意人生的女孩的时候。

诗人究竟能做什么

几位成功人士在一起聚餐，一位投资商的诗人朋友碰巧来访，组织聚餐的官员客气地说，让他过来与大家认识一下吧。投资商看到在座的都是熟人，也没推辞，让朋友打车过来。

在等待诗人到来的间隙，房地产大亨唐总有些不屑地说："我从来不读诗，那些分行的现代诗，我一首也读不懂。"

一位银行高官笑嘻嘻地说："唐总，你能读懂房地产里面的大学问，就很了不起了，根本不需要读懂诗歌。"

众人也纷纷附和，说现在都进入什么时代了，发财致富才是硬道理，谁还会有闲工夫去琢磨那些缥缈无用的诗歌？虽说每个人内心里都有寻找诗意的渴望，但落实到行动上的却寥寥无几。

诗人姗姗迟来，大家相互寒暄了几句，继续刚才的话题。那位官员可能是想要活跃一下桌面上的气氛，他先在前面做了一些铺垫，说了一堆恭维诗人的话，说这年头还能坚持写诗，这种淡泊功利的追求，实在令人佩服，但他真的弄不明白，诗人除了能写写诗歌，究竟还能够做什么？

诗人朋友淡然地笑笑："也许你说得很对，诗人有很多事情都不能做。"

"就是的，我认为很多诗人都是精神病，就知道写一些不能赚钱的分行的文字。当然，我这里绝对不是指你啊。"一位服装经销商忽然意识到自己对面坐着的，正是一位诗人。

"没关系的，你也可以这么说我，但我要告诉你，你的认为是错误的。"诗人不卑不亢地回击道。

"那你说说，诗人能做什么？"经销商觉得自己的脸有些挂不住了。

诗人一进屋便闻到了满桌子的俗气，对于送到鼻子底下的挑战，他平静地答道："如果你真的想知道诗人能做什么，那么，我可以直截了当地告诉你，诗人是这个世界上的神。"

众人愕然，以为碰上了更为疯狂的诗人，纷纷把目光投向年轻的诗人。

诗人稍稍停顿了一下，开始娓娓道来——"诗人能做你们所能做的所有工作，证券商、投资商、营销商、公务员、教师……当然，诗人做得最好的，就是悉心照料他的诗歌。"

"诗人能够在一片树叶上推敲阳光，能够在一滴露珠里发现春天，能够在一朵凋谢的花中看到不死的灵魂，能够看出一座山的情感和历史，能够看出一条小溪快乐的秘密，而很多庸常的眼睛，只能看到那些东西的形状、颜色、大小等外在的东西。

"诗人能够用最寻常的汉字，组合出让人怦然心动的句子，能够带着人们在刹那间穿越了时空，与世间那些伟大的心灵进行直接对话，能够谛听到上帝才能听到的声音。

"诗人能够弯下腰来，向一株谦卑的小草致意，能够小心翼翼地伸出脚，生怕踩疼了那些雪，能够慈爱地抚摸那头老迈的耕牛，默默地陪它体味那些辛苦耕耘的日子，能够为一只遭到残忍猎杀的海豹愤怒得失眠，能够为海平面悄然升高而大声疾呼。

"诗人能让最柔软的一颗心，因信仰坚定而变得坚强无比；诗人能够让最泥泞的道路，因梦想的指引而变成跋涉者骄傲的旅程；诗人能够守着一无所有的寒室，自豪地宣布天空所有的星星都属于自己。

"诗人能告诉地震中失去家园的母亲，废墟上还有花朵绽开，春天还会走来；诗人能倾听遭遇欠薪的农民工悲苦的诉说，能细密地记录下阳光里的暗影，大胆地指出清水下面涌动的污浊；诗人能为街角那位修鞋的老人，写下温暖一个冬天的诗句；能为重返校园的儿童，送上激励一生的心语。"

"当然，我还可以告诉你，诗人不能做什么。"诗人停顿了一下，看了看餐桌边那一双双闪着错愕的目光。

"诗人不能失去自我，不能人云亦云地随波逐流，更不能在不公平面前冷漠了心灵，不能在丑恶面前闭上眼睛，不能在痛苦面前喑哑了歌喉，不能在贪欲面前迷失了方向。

"诗人不能停止了思想，不能粗糙了情感，不能放弃了观察，不能迟钝了感受，不能将本该丰富无比的生命历程，变成了被物欲紧紧裹挟的忙忙碌碌，不能将本该情趣无限的生活，变成千篇一律的单调乏味。

"诗人不能只关注自我，还要关注大地、天空和海洋，关注遥远的星球和漫长的历史，关注尘世的每一个生命，知道在这个世界上过往的所有人，都与自己息息相关。"

诗人最后激动地说道："诗人的确很渺小，渺小如一朵山野间无名的小花，但它有自己热爱的天空和大地，有自己钟情的四季，拥抱自己的梦想，绽放自己的美丽。如果非要用一句话来回答诗人到底能做什么，我要说的是——诗人能指出这个世界的美好，并愿意加入那些美好之中……"

片刻的沉默后，掌声响起，满桌的人开始重新打量面前的诗人，开始思考另一个问题——自己究竟能做什么。

第三辑　什么都无法阻拦一颗翩然起舞的心

只要活着，就要相信太阳每天都会升起，就要快乐地歌唱和舞蹈，因为没有什么可以忧虑的，只要怀着感恩的心，无论多么清贫的日子里，都生长美丽和富足。

我想让他们听到我的掌声

在 2012 年伦敦奥运会马拉松比赛的赛场外,有一位始终坐在轮椅上的很特别的观众,叫塔比雅,她来自利比亚,自幼失去了双腿,只读了五年的书,她现在是一家花店里的临时工,每个月只能赚到少得十分可怜的薪水。连行走都很吃力的她,却是一个十足的体育迷,无论是各种球类运动,还是田径运动,她都很喜欢。只要有机会,她就想方设法去看比赛。

今年七月,她毅然花掉自己这几年来辛苦积攒的全部积蓄,几经辗转,终于来到了梦想中的伦敦。然而,近在咫尺的奥运赛场,她却无法进去。因为此刻囊中羞涩的她,已经买不起哪怕最廉价的一张进场观看比赛的门票,对此,她似乎一点儿也没有沮丧,因为她欣喜地发现,还有一些不要门票的比赛,比如马拉松比赛。

为了能够挑选到一个最佳的观赏比赛的位置,她提前一周,摇着轮椅,顶着烈日,细心地探查了马拉松比赛的路线。当她确定了一处最佳的观看点后,她激动地舞动着双臂,像一只展翅欲飞的鹰。

然而，不幸的事情发生了：在比赛开始前两天，她感冒了，吃药、打针，都没有退去高烧。

怎么办？难道真的就这样躺在病床上，通过电视看比赛？那个念头只一闪，便被她掐灭了。她必须要到现场去，尽管那天发烧更厉害了，脸烧得通红，她仍没有丝毫的犹豫，服过药，便吃力地摇着轮椅早早地来到选好的地点，准备为每一位从自己面前跑过的运动员加油。

当第一批运动员奔跑过来时，她和周围的观众一同热烈地鼓掌、呐喊，仿佛自己也是一个健康无比、精力充沛的超级粉丝。

随后，一拨拨的运动员跑过来，她不停地为他们鼓掌，热情而执着。

直到掌声欢送最后一名运动员从身边跑过，她才瘫软地倒在轮椅上，蓦然发觉自己的高烧尚未退去，浑身烫得吓人。

当一位记者惊讶地问她："其实，你完全可以在电视上看到全景的赛况转播，为什么非要带病亲临现场看比赛？"

她微笑着回答："我想让每一个从我身边跑过的人，都能听到我赞赏的掌声。"

"这对他们很重要么？"记者仍然有些不解。

"这对我很重要。虽然我今生再也无法健步如飞，我却可以坐在路边，把我由衷的赞美，热情地奉上。"她一脸的自豪，仿佛胸前挂着金灿灿的奖牌。

我不禁想到了中国台湾作家刘继荣的女儿说过的一句话："我不想成为英雄，我只想成为坐在路边鼓掌的人。"

没错，滚滚红尘中，我们当中的许多人注定都只是平凡之辈，无论我们如何渴望，如何努力，我们最终都可能无法成为渴望的英雄。然而，我们却不必因此而抱怨和叹息，而应该像塔比雅那样，欣然地坐在路边，为我们心中敬仰的那些英雄，敬献上我们热烈的掌声。纵然那掌声很轻很轻，似乎微不足道，但那掌声是发自肺腑的，是我们对英雄由衷的赞赏，更是我们对自己平凡生命的一种肯定。

　　伦敦奥运会马拉松比赛冠军的名字，我很快就忘记了。然而，那个在轮椅上拼命鼓掌的穿红衣服的女子塔比雅，却被我深深记住了。隔着万水千山，电视机前的我，却分明清晰地听到了她自信、热情的掌声，听到了一种生命从容淡定的声音。

每一天都要幸福地舞蹈

她是那两条街道的保洁员，她个子不高，也不漂亮，是一个很普通的女子。我每天晨练时，都能看见她忙碌的身影，我不知她几时开始的清扫工作，也不知道她几时结束。更多的时候，我只看到她舞动一个长把的扫帚，像舞动一支如橼大笔，从街道这端扫到那端，一丝不苟，将那些散落的废弃物聚拢起来，然后再将它们一车车地清理干净。

忙碌完了，她会顺着街道走一个来回，像是欣赏自己得意的作品，她的目光再次打量一番刚刚清扫过的街道，看到不知哪位刚刚扔下的一团废纸或一个烟头，她会弯腰捡起，把那微小的缺憾轻轻地弥补。

从春到夏，从秋到冬，她是我熟悉的最早迎接晨曦的人，她似乎对那份工作很喜欢，也很珍视，我从没看到她偷懒的时候。她那份一丝不苟的认真，给我留下了深刻的印象。我曾多次在写作课堂上讲起她大口罩遮不住的笑容、她从不抱怨的好脾气、她热情满怀地对待那似乎单调而乏味的工作……

那个夏日的夜晚，我终于完成了一项繁重的教材编写工作，难得有闲暇和情致，我决定到街上走走，看看城市的夜景。不知不觉间，一阵欢快的舞曲，将我引向那个开放的公园。柔和的月光洒在那块不大的空地上，一大群人围拢在一起正翩翩起舞。他们大多是中老年人，其中也不乏白发苍苍的老者。

我停下来，悠然地欣赏着大家轻盈的舞姿，心中感慨着生活的舒心惬意。忽然，我的心一颤——哦，她也在跳舞，每天早早起来忙碌的保洁员，换了一件红色的短衫，像一团燃烧的火焰，正伴着欢快的旋律，摇晃着柔软的身子，尽情地舞蹈着。

一曲结束，她站定，用手臂擦了擦额头的汗珠，等一支舒缓的乐曲想起时，她竟变成了领舞者，站在众人前面，引领大家做一套优美而复杂的健美操。她那么认真，那么投入，仰首、展臂、旋转、弯腰，每一个动作都那么轻松、自如，仿佛一位专业的舞蹈教练。我一时不敢相信——眼前这位美丽的舞者，难道真的是我平素所见的那个挥舞扫帚清扫街道的她吗？

我又走近一些。果然是她，一点儿没错。她也发现了我，冲着我微微一笑，打了招呼。

我好奇地问一位坐在一旁歇息的老大爷，问他是否认识她，老大爷爽快地告诉我："她姓乐，常来这里跳舞的人，没有不认识她的，许多人都是跟她学会跳舞、学会做健美操的，这里的人都管她叫乐老师。"

"乐老师？她不是保洁员吗？"我不无困惑地问老大爷。

"没错，她是一个保洁员，听说工作还挺辛苦的，可她特别喜欢跳舞，几乎每天晚上，都来这里带领大家跳舞，真是活得有精神。"老大爷啧啧地赞赏着。

"其实，她也挺不容易的。"旁边的一位老大娘插话道。

"是不容易，每天都要起早扫大街，那活儿又脏又累的。"我感慨道。

"累一点儿倒没啥，你不知道，乐老师挣钱不多，还要照料一个二十多岁的痴呆儿子。"老大娘向我爆出一个令我吃惊的信息。

"她还要照料一个痴呆的儿子？"我无论如何也不能想到乐老师还那样不幸。

"没错，你往那边看，坐在那个石凳上傻呵呵地拍巴掌的那个小伙子，就是乐老师的儿子，听说是先天性的痴呆，她每天都带着他来跳舞。"顺着老大娘手指的方向，我看到了乐老师痴呆的儿子。

"我还听说，她去年做了一次大手术，割掉了一个很大的肿瘤，幸好是良性的。"老大爷又向我介绍道。

"哦，那么多的不幸都降临到她头上了，她的工作还那么辛苦，可是她还能如此快乐地跳舞，真是令人敬佩。"我不禁对她肃然起敬。

"乐老师说过，有很多事情是她不能改变的，她能改变看事情的心态，既然愁眉苦脸是一天，快快乐乐也是一天，那么，何必要在不幸上撒盐呢？她要每一天都幸福地舞蹈。"老大娘说出了乐老师如此达观的原因。

"每一天都要幸福地舞蹈"，望着被众人簇拥着幸福起舞的乐老师，我轻轻地重复了一遍，心灵似被什么猛地扣了一下，我突然想起了帕斯卡尔的那句名言——人是一根会思考的芦苇。没错，因为懂得从苦涩中咀嚼甘甜，懂得从艰辛中品味富足，懂得为心中憧憬的幸福起舞，平凡的乐老师，用灵动的舞姿，舞出了令我们赞叹的美丽，舞出了令我们向往的美好。

慢步去天堂

　　正值人生的黄金季节，他刚刚度过三十九岁的生日，便成了那所著名大学里最年轻的教授。他正踌躇满志，准备"百尺竿头，更进一步"，谁知骤然而至的一纸冰冷的诊断，却将他从明媚的春光中，猛地推回到刺骨的寒冬里。

　　肝癌，晚期，多么像一个黑色幽默。面对这突如其来的宣判，他欲哭无泪。

　　了解他病情的那些专家和医生，都悲观地断言：即便是进行肝脏移植，对他也已没有多大的意义了，只能接受保守治疗，顺从命运的安排了。

　　事已至此，悲伤能如何？懊悔又能如何？他唯有无奈地接受，只是他还是心有不甘，因为还有那么多愿望没有实现呢，还有那么多的事情要做呢。这些年来，他忙于搞学术研究，总是在写论文，向乡下的父母嘘寒问暖的次数都少得可怜，倒是父母每次打电话都要提醒他，一定要注意身体，别拼得太猛了，别累坏了自己。还有女儿，刚刚上初一，课程一下子多了，她还真有一点不大适应，很需要他的辅导。还有妻子，他这几年到国外留学，去北京读博士、做博士后，她一个人在家里撑着，任劳任怨，还吃了那么多的苦，生活刚刚稳定下来，他却病得……还有他那些可爱的学生，尤其是刚考上来的三个研究生，潜质都很好，他真想好好培养他们，让他们早日成才……

然而，他已经很清楚地看到了，死神正狰狞着一步步走来。

那一天，他陪妻子去中央大街，恰巧碰到一群人在那个广场上扭秧歌。他发现，每一个扭秧歌的人都那么精神抖擞，幸福满面。旁边有人在感慨："看看人家癌症患者，还这么开心，我们这些健康人，还烦恼什么呢？"

"什么？他们都是癌症患者？"望着那些欢快地起舞的男女老少，他惊愕，不敢相信。

"真的，他们都是抗癌协会的会员，他们经常凑到一起，载歌载舞，自娱自乐。不相信的话，你可以过去问问。"有人告诉他。

在他们休息的时候，他走过去与领舞的那位老者攀谈起来。原来，老者得的也是肝癌，早在十年前，就拉响了死亡警报，然而，他至今仍乐呵呵地活着，是抗癌协会的骨干成员。

得知他刚刚被诊断为癌症，老者安慰他："这个病也没那么可怕，千万别被它吓死。每个人早晚都是要去天堂的，但去天堂的路，应该慢慢地走，你要多看看人间的美景，多享受人生的乐趣。"

"人是抗不过命的，有时候，不是你想慢就能慢下来的。"他不无悲观道。

"只要你懂得珍爱每一天，开心每一天，你就会放慢去天堂的脚步。就说我吧，检查出癌症以后，我反倒把一切都看开了，把活着的每一天，都看作是赚来的。结果呢？我快乐了十年，还没走到天堂呢。"老者的语气里充满了骄傲与知足。

人间更值得留恋，自己完全可以像老者那样，放慢去天堂的脚步。老者的一席话，倏然冲淡了他心头的抑郁。

接下来的日子里，他遵从医生的建议，按时服药，注重饮食，还加入了抗癌协会，参加了很多有益的社区活动。每一天，他都感觉过得很快乐，也很充实。似乎病情也一天天好转起来了，肝部疼痛的时间和次数，也明显地减少了。

一晃三年过去了，女儿升上了重点高中，他完成了一项国家级课题，送走了三批研究生。

那天，他亲自下厨房，兴致勃勃地炒了几个小菜，一家人举杯庆祝——这三年一家人是快乐多过烦恼，收获多过遗憾。

女儿拿到大学录取通知书时，他终于无憾地倒下了。临终前，他微笑着告诉妻子和女儿："我累了，走不动了，先到天堂里歇一歇，你们一定要慢慢地走，到时候，把经历的更多好事，讲给我听。"

泪光盈盈的妻子攥着他的手，使劲地点头。

他患不治之症的这六年，竟是他们一家人最难忘的一段幸福时光，也是他们一家人收获多多的一段日子，他获得了两项省级奖和一项国家级奖，发表了十多篇论文；她编写的教材出版了，还评上了高级职称；学习基础薄弱的女儿考上了理想的大学；每个春节，他们都是在乡下陪老人一起度过的，那种天伦之乐，真是难以形容……

他的一位作家朋友，听过他的故事后，不禁感慨道："那是多么睿智的选择啊，慢步去天堂，从容、乐观、洒脱……世间的某些缺憾和疼痛，因为那样的一念之转，陡然变得那般轻松而诗意，变得那般美好而深刻。"

流年中的那些明媚

　　他竟然辞去了那份薪酬很高的工作，找了一份较为清闲的差事，只为了有更多时间沉浸于自己热爱的诗歌写作。许多亲人和朋友都对他的选择直摇头，妻子更是竭力反对，但他一意孤行，谁也无法拦阻。几番争吵后，妻子伤心地离开了他，带着女儿踏上了去南方的列车。

　　后来，单位换了领导，他被调到一个较忙碌的岗位。没多久，他便递上一纸辞呈，干脆回家写诗去了。

　　没了稳定经济收入的他，很快陷入了生活的窘境中。这时，一位发达的同窗伸出了援助之手——请他帮忙打点新开的那家咖啡屋，他能有一笔稳定的收入，他还可以有充裕的时间写作。

　　咖啡屋坐落在小城一角，每天的顾客并不多。没有顾客时，他便坐在临窗那个位置上，就着明媚的阳光，翻阅一本本少有人问津的诗集，突然间来了灵感，他便挥笔疾书。他十分看重的那些诗篇，很少有发表的，即使发表了也仅有极少的读者。但这不妨碍他始终迷恋着诗歌的阅读与写作，像墙角暗影里的那株鲜为人知的小草，有着自己独特的乐趣。

　　时光寂寂地流逝，他的与众不同，引起了一位女子的注意。她年轻、美丽，衣着光鲜，举手投足间都透着一份高雅。她常常独自来到咖啡屋，喜欢静静地坐在那里，听着柔和的音乐，慢慢地品完一杯咖啡，然后，缓缓离去。

那天，她走到他面前，拿起他刚刚写下的诗稿，细细地读了起来。那一刻，室内所有的声响似乎都被屏蔽了，沿着那些精美的诗句的指引，她一下子进入了一个纯净的世界。

"真好！"她轻轻地一语，仿佛天籁，只有他懂得。

她再来时，他便主动把自己精心打印的诗稿拿给她，她欣然地阅读，不时地颔首赞许。

无疑，她是他所遇到的第一个喜欢他诗歌的女子。一向很少与人闲聊的他，那天竟向她倾诉了埋在心底的苦恼，迎着他眼睛里流露的孩子般的天真，她母亲般爱意充盈的目光，给他的孤寂送上了温柔的抚慰。阳光中，两只亲密无语的咖啡杯，轻轻飘散着淡淡的馨香。

有了她的欣赏，他一度暗淡的心空，猛然涌进了许多的明媚。由此，他的诗句中，多了些许的清纯，多了些许的柔和，多了些许的亮丽。

他知道她是一家报社的专稿记者，但他不知道她的丈夫是省内某集团公司的老总，这一段日子里，两个人感情总是疙疙瘩瘩的，彼此都个性十足地不肯退让，把外人羡慕不已的幸福生活弄得伤痕累累。

因为诗歌，两颗心很快便靠得很近很近，以至于那天她竟脱口而出："我是越来越喜欢上你这个人了。"

"也许你喜欢上的只是一种人生方式吧？"尽管他已读出她眸子里燃烧的渴望，却还在努力地压抑着，他不是不想得到心中憧憬的幸福，而是担心失去，连同眼前的美好。

"不只是一种生活方式，还有……"她也说不清楚，心头那种无法挥去的情愫，何时已潜滋暗长起来，如今正蓬蓬勃勃得不可遏止。

"因为我们都有着诗意的向往。"他目光里透着看穿世事的平静。

"我们不可以共同拥抱一份诗意的生活么？"她心生惊讶，一向喜欢感性处世的他，此时为何这般地理性。

"也许最有诗意的生活，必须在一定的距离上，必须因为一种刻骨铭心的渴望才更能显示出其独特的美丽。"他突然想到也曾经喜欢他的诗歌的妻子，想起她远走前的真诚劝告——生活，的确需要诗意，但现实生活肯定不是诗意的。

第一次，她品出了加糖的咖啡里面的一缕苦涩，淡淡的，直沁肺腑。

一周后，他给她给打电话，说："谢谢你欣赏我的诗歌，谢谢你的那些褒奖，我们相识相知的那些美好的情节，像明媚的阳光，照亮了我一度黯然的心灵，让我恍然读懂了一些生活真谛。如今，我也要去南方了，带着一份诗意，更带着一份对世俗生活的热爱。"

"那就送你祝福吧，愿你在诗歌和生活中，都拥有自己的幸福。"她眼角一阵灼热，对于他的突然离开，她一时有些失落。

"也同样地祝福你，你的丈夫很优秀，千万别错过了他。"他放下了电话，拭去滚落的那大滴的泪珠，再回望一眼人流车流嘈杂的小城，恋恋地走向站台。

此后，他与她音讯杳无，仿佛根本不曾有过那些亲密无隔的交流。

在离开她的那些日子里，他依然喜欢写诗，只是他更懂得写诗是为了让生活变得美好，而不是把生活弄得更糟糕。他开始欣然地先做一个优秀的出版人，为妻子和女儿营造一份温馨而安稳的生活，尔后，再去照料自己钟爱的诗歌。

如今的他，已是南方出版界赫赫有名的成功人士，他的印制精美的诗集也摆到了书店显眼的柜台上。很少有人知道，他的三本诗集封面，为何都选择了咖啡和阳光。只有他知道，是北方小城的那间咖啡屋的那抹明媚，曾怎样照亮了他的生活，照亮了他此后的人生。

已走出情感泥淖的她也知道，他明媚的心事和幸福的生活，就散落在他那些平平仄仄的诗句中，阳光一样地无遮拦，隔着万水千山，她仍能够真切地感受到那份美好，如此自然而亲切。

别样的汉堡包

五月的黄昏，在渭水岸边的一个村头，我遇见那两个孩子：大的是哥哥，七八岁的样子，小的是妹妹，大概也就三四岁。两个孩子正蹲在墙角津津有味地揉搓着黄色的泥团，聚精会神地制作自己喜欢的作品，汗渍和灰尘将红扑扑的小脸蛋弄得有些滑稽又可爱，黑亮的眼珠里转动着叫人不禁要驻足的认真。

我站在一旁，打量起他们用泥捏出来的作品：男孩的小车，女孩的项链，有模有样的，做得还不是十分的粗糙，我不由得举起了相机，将两个无名的小艺人和他们的作品一起收入镜头。

男孩见我欣赏他的手艺，有些得意地告诉我："妹妹的项链也是我帮着做的，她搓出来的珠子不圆。"

"串项链的麻绳是我找的，我还帮你和泥了呢。"女孩丝毫不肯让自己的功劳被埋没。

"你俩手都挺巧的，也都挺能干的。"对两人的认真，我送上了由衷的夸奖。

"叔叔，你吃过汉堡包吗？"小男孩突然抛给我了一个问题。

"当然吃过了，你问这个干什么？"我有些好奇。

"我只听说过汉堡包很好吃，可是没见过，你告诉我汉堡包是什么样子的，我想给妹妹做一个漂亮的汉堡包。"男孩凑到我的跟前。

"你想用它做汉堡包？"我指了指他们手里揉搓松软的泥团。

男孩点头："明天是妹妹的生日，我想送她一个汉堡包礼物。"

哦，原来是这样。刹那间，我的心被柔柔地弹了一下，我赶紧拢住纷扬的思绪，连讲带比划地向两个求教的孩子描摹汉堡包的形象。两个孩子很聪明，很快便在脑海里勾勒出汉堡包的样子，加上我在旁边的细心指点，不大一会儿，男孩便用泥巴、树叶、玉米秸制作出一个挺像那么一回事儿的汉堡包。女孩捧着它，仿佛捧着一个正芳香四溢的汉堡包，两人一起咧嘴甜甜地笑了，满脸的无遮拦的幸福，让我心里暖暖地生痛，我悄悄地背过身去拭去眼里滚动的晶莹。

"我还可以做一个能吃的汉堡包。"男孩灵感突发，飞快地跑回家中，拿来两个馒头、一些小葱和菜叶。我也赶紧从旅行袋里掏出一根火腿肠和一袋果酱，还用水果刀帮他们把"馒头汉堡包"做得更形象一些。

"汉堡包真好吃啊！"女孩大口地吃着，男孩嘴里也不停地赞赏着。

"是的，你们自己做的汉堡包，比城市里卖的那些还要好吃。"从生活在闭塞、清贫中的两个孩子身上，我恍然读懂那个美好的词汇——向往。

我相信他们一定会吃上真正的汉堡包的，就像相信苦难终会远走，富足终会在追求和打拼的手上诞生。

把梦想握在自己的手里

　　20 世纪中叶的一个夏天，一位从法国南部偏远的乡村来到首都巴黎寻找机遇的青年漫步在香榭丽舍大街上，欣赏着流光溢彩的现代化都市的繁华，快速成功的渴望在心底强烈地燃烧起来。

　　他清楚自己身份卑微，除了年轻的梦想，几乎没有任何优势可言。而要靠自己一点点地打拼，似乎又太缓慢、太艰难了，他想借助外力走一些捷径。于是便揣着自己的梦想，开始四处拜访自己崇拜的社会名流，但迎接他的却是一连串的失望，除了收到一大堆的鼓励以外，没有一位名流能够真真切切地助他一臂之力。

　　满怀失落的他，拖着疲惫的身子在黄昏的大街上踯躅着，不知不觉间来到希尔顿大饭店门前。他呆呆地立在那里，用羡慕的目光打量着饭店前那一台台豪华的名车，和那些进进出出的衣着光鲜、时尚的成功人士，自己眼下的卑微与心中高远的梦想，一时间搅得他心海难平。

　　他那有些奇异的举止，引起了一位精神矍铄的老者的注意，老者慢慢地走到他跟前问道："年轻人，有什么需要帮助的吗？"

"我有一个很大的梦想，希望有人帮我实现，但一直没有这个人。"他神色忧郁道。

"什么样的梦想，不妨说出来我听听。"老者面含微笑。

"不说那些遥远的梦想了，我现在的梦想，就是能走进这样金碧辉煌的大饭店，在那间最好的包房内，听着优美的钢琴曲，慢慢地品味最精美的大餐。"他不愿再谈自己远大的抱负，顺口说了一个迫切的愿望。

"如果你愿意，你跟着我来，我现在就可以帮你实现这个梦想。"老者做了一个邀请的动作，带着他朝饭店里走去。

他真的被领进了只有在电视上才见过的世界最高档的餐厅，坐到了柔软的皮椅上，听到了最动听的音乐，并被告知菜单上所有的菜肴，他都可以任意地点，最后由老者来付费。原来，那位老者正是这家饭店最大的股东亨利先生。

"谢谢您，我懂得自己该怎么做了……"他突然放下手中制作精美的菜单，向老者深鞠一躬，急匆匆地离开了饭店。

十年后的一天，亨利突然接到在零售业界不断制造奇迹的凯特的一个电话，说他要专程来拜谢亨利，感谢亨利曾帮助他走上了成功之路……

亨利困惑不解：自己并不曾与凯特打过交道啊，又何谈曾帮助过他呢？不会是凯特记错对象了吧？

当一位风流倜傥的中年人站到亨利面前时，亨利不禁惊讶地喊道："原来是你啊！"

凯特激动地点头："谢谢亨利先生，正是当年您把我领进饭店，让我真切地触摸到了梦想原来可以是那样的实实在在，让我在那一刻懂得了：别人固然能够帮助自己实现梦想，但那只是短暂一瞬，我应该把梦想握在自己的手里，像许多成功者那样，去一点一点地顽强打拼……"

亨利竖起了大拇指："说得好，无论是高远还是近切的梦想，都应该握在自己的手里，自己慢慢地去实现……"

奇迹的名字叫父爱

那是青葱的少年时代，极其偶然的一天，他从广播里听到了美妙的钢琴曲。就在那惊雷般的一瞬，他心中涌起了一个强烈的愿望——拥有一架钢琴，弹奏出震撼心灵的乐曲。

然而，直到 60 年代两个女儿出生后，家境清贫的他仍没有机会弹钢琴；至于拥有自己的一架钢琴，那更是近乎天方夜谭的奢望。但梦想的种子已经播下了，开花与结果的景象，已经无数次地在他脑海中浮现过。每一次，都像那首雄壮、激越的《命运交响曲》，重重地撞击着他不甘放弃的心灵。

他要让女儿从小就能在那黑白键上弹出清泉般的旋律。那年他二十五岁，上有老下有小，他每月的工资只有六十元，而当时最便宜的一架钢琴也要一千两百元。于是一个令人不可思议的想法，紧紧地攫住了心——没技术、没设备的他，决定要用手工为女儿做一架钢琴。

一架钢琴仅仅机芯上便有八千多个零件，需要一百多道繁杂的工序，从没见过钢琴制作图纸的他，经常去文化馆、歌舞团，想方设法地偷偷描画钢琴的结构图。

接下来的困难更是超出了想象，缺钱是一个大问题，在那物质高度匮乏的年代，购买很多今天看来极为日常的东西，都得凭票，而像钢材、铜丝这类的紧缺物质就更难搞到了。

但他没有被难倒，困境逼迫他想出了种种"补救"的办法：用废旧自行车轮里的钢丝、日光灯镇流器里铜丝做琴弦，用门框做琴架，用鞋带做连接击弦机的带子……为了早点儿做出一架钢琴，他起早贪黑地忙碌，花了一年多的时间，他硬是做出了一架有六十个键的缩小版的简易钢琴。

当好听的音乐从木头键盘上流淌出来时，他和女儿都甜甜地笑了，尽管他的手掌上满是带血的伤痕。

这时，他没有满足于周围人们的敬佩，又开始琢磨纯靠手工做一架有八十八个键的标准钢琴。诸多难题一个个地摆在他面前，依然缺少资金、缺少原材料，更为繁杂的工序和需要精细的零件加工……都在考验着他。

累得眼花了，双手一次次受伤，最厉害时连骨头都露出来了，可他从未想到过放弃，他的心头一直回响着美丽的钢琴曲。

整整八年过去了，他的梦想最终如愿成真。带着厚厚茧花的十指抚过那排蕴藏动人旋律的琴键，他自豪地笑了，一如曾经翩翩的少年。

受他的感染，他的三个女儿钢琴演奏水平都很高。如今，大女儿在澳门从事钢琴教育工作，二女儿正留学日本，主修音乐。

他的名字叫王开罗。2008 年 6 月，六十五岁的他将凝聚了自己无数心血的亲手制作的钢琴，捐赠给了深圳市博物馆。当人们打开琴盖，看到那庞杂、纷繁的结构时，无不由衷地赞叹他非同凡响的手工传奇。

一位音乐家抚摸着这架特别的钢琴，深情地说了一句——这是一位伟大的父亲创造的奇迹，这架钢琴凝聚着远比音乐还要神奇而伟大的力量。

没错，那是一位父亲让梦想开在手掌上的奇迹，它朴素而美丽的名字，叫父爱。

第四辑 世界以痛吻我，我却回报以歌

水到绝境，变成美丽的飞瀑。不要轻易地放弃希望，更不要无端地绝望，只要你自己不倒下，就没有什么可以打败你。冲破眼前的迷雾，跨过那些坎坷，让磨难砥砺意志，相信心的力量，加上手的力量，会诞生无数的生命奇迹。

在漏雨的屋檐下歌唱

那场惨烈的大地震刚刚过去不久，许多地方还是瓦砾遍地，满目狼藉。在海地首都太子港郊外，那一间极为简易的木板房，低矮、狭窄、破旧。正值雨季，外面的雨仍绵绵地下着，木板房棚顶的油毡纸早就被风刮烂了，渗进来的雨水滴滴答答地落着，屋内摆了许多瓦罐、石坛子和木盆，已很难找到一块干爽的地方了。

戴一顶破旧的斗笠，母亲领着四个孩子往屋外淘水，父亲裸着脊背，在饶有兴致地制作一把木琴。忽然，他停下手里的工作，像突然发现新大陆似的，示意妻子和孩子们安静下来，与他一道倾听雨滴敲打那些坛坛罐罐的声音。

一家人望着断珠一样的雨滴，叮叮当当地敲打着地上那些器皿，居然听出了某些旋律，像好几种乐器的合奏。惊喜先是从母亲的脸上浮现，随即四个孩子也都面露欢喜，父亲更是兴奋得手舞足蹈。

于是原本枯燥乏味的雨滴声，陡然变成了美妙无比的音乐。一家人围着那些坛坛罐罐欢快地载歌载舞，小女儿不小心踢翻了一个瓦罐，逗得全家人一阵哈哈大笑；小儿子则故意往肚皮上撩了些雨水，拍得更响亮了。

父亲唱得兴起，拿过一只木盆当手鼓，摇头晃脑地敲打起来。母亲则蹲在地上，用一根木棍轻轻地敲击着瓦罐，配合着父亲一高一低地合奏。四个儿女都赤着脚，呱唧呱唧地踏着湿漉漉的木板，跳得快乐无比。

一位来自中国的志愿者偶然从木板房前经过，不禁惊讶地问那位干瘦的父亲："你们这是在苦中寻乐吧？"

"上天赐予我们雨水，赐予我们音乐和热情，我们只有快乐，哪里有苦啊？"父亲擦着额头分不清的雨水和汗水。

"我是说你们的生活那么苦，刚刚经历了一场灾难，各地运来的救援物资还十分有限。"志愿者很想说，他们准确的身份是灾民。

"灾难过去了，伤痛也该过去了，现在我们得感激上帝保佑，让我们一家人平平安安，还能尽情地唱歌、跳舞。"那位父亲显然对自己目前的生活相当满足。

"说得有道理！"那位年轻的志愿者闻言，颇有感悟，敬佩地举起了相机。这时，那位母亲连忙摆手阻拦志愿者的拍摄，几个孩子也躲进屋内的角落。

那位父亲冲着一脸困惑的记者解释道："你先等一等，他们这是第一次照相，想换上新鲜的衣服，让你看见他们的美丽。"

"其实，刚才他们唱歌、跳舞的样子，就很美丽啊。"志愿者有些遗憾刚才错过了一些极好的镜头。

"我也感觉挺美的，可是我们还是应该把新衣服穿出来，告诉世界，我们的日子还是很好的。"父亲古铜色的皮肤，被雨水冲刷得锃亮。

一会儿，母亲带着四个儿女走到木板房前。志愿者望着他们那一身打扮，不禁乐了——他们周身上下所穿的，显然都是分发到的来自世界各地的救援衣物，有夏衣，有秋衣，甚至还有棉衣，那么不协调地穿在身上，显得颇有些滑稽。那个小女儿，还故意插着腰，走了一个模特步，惹得小儿子笑得眼泪都出来了。

这时，雨也停了。志愿者不停地按动快门，给他们拍了合影，又给每个人拍了好几张。

拍照完了，一家人像过节似的，嘻嘻哈哈地跑进屋里，换了破旧的衣服，他们开始往外倾倒坛坛罐罐里的雨水，每个人的脸上依旧是一览无余的兴奋。

后来，志愿者又在一个明月皎洁的夜晚，目睹到他们一家人端着木碗，围拢在一起，吃着最简单的饭菜，很惬意地说说笑笑。后来，他们干脆敲着木碗，在月光下翩翩起舞，仿佛一群沉浸在幸福中的无忧无虑的儿童。

这是我的一位朋友向我讲述的他的亲身见闻，他说："在海地，我看到许许多多的穷人，他们缺衣少食，营养不良，住的地方也破烂不堪，他们也感受到了生活的艰辛和困顿，但从他们的脸上，却很少看到愁苦，更多的是他们灿烂的笑容。他们说，只要活着，就不能忘记歌唱和舞蹈，只要相信太阳明天还会升起，就没有什么是值得忧虑的。"

在翻阅朋友拍摄的那些照片时，我看到了一张张不加修饰的笑脸，自然而甜美，一如那些随遇而安的野花，什么样的风雨都无法阻拦它们恣意地绽开。由此，我知道了，在那些随处可见的清苦里面，顽强生长的那些美丽，都源自于一颗颗感恩而富足的心灵。

有一种花叫不谢

那是炎炎的夏日，她却正经历着生命中奇寒的严冬。在那个偏远山区小学支教的她，尚未走出因突如其来的车祸夺去年轻丈夫的悲痛，一纸冰冷的诊断书，又让她欲哭无泪——肆虐的癌细胞正无情地吞噬着她美丽的左乳，她必须立刻接受身心俱痛的手术。

第一次并不彻底的手术过后，接着便是备受折磨的痛苦无边的化疗。短短的二十多天，她便仿佛一下子苍老了十多岁，那一头乌黑的秀发已脱落得不成样子，最后只得干脆剪成秃秃的光头，虽用一顶漂亮的凉帽遮住了，却掩不住心中难言的苦涩。

也曾呆呆地伫立窗前，抚着平平的前胸，羡慕地望着阳光下来来往往的幸福的人流。潜滋暗长的绝望袭来时，她不禁闭上了眼睛，想象怎样从医院的高楼上突然纵身跃下，让年轻的生命如一朵白云飘然散去。

是同病房那个更加不幸的小女孩，让她平静地接纳了眼前的现实。那个女孩只有十六岁，已接受过大小数十次手术和无数次的化疗、放疗，有着三年带癌生存的经历，但在她的脸上，却看不到丝毫苦痛悲伤的影子，女孩每天都是一脸的阳光，比许多健康人生活得更有滋味——她摇头晃脑地唱歌，唱那些最新流行的爱情歌曲；她贪婪地读书，读梭罗的《瓦尔登湖》，读史铁生的《病隙随笔》，读毕淑敏的《红处方》……她床头换得最频的是书籍；她还喜欢绘画，画一些可爱的花花草草，画完了，就骄傲地举着自己的作品接受病友们的夸奖。

那天，她拿过女孩的一幅简笔画，指着那上面陡峭的崖壁间那些星星点点细碎的小花，问女孩那是一种什么花。女孩告诉她："哦，这种花，名字叫不谢。"

"不谢？有这样的一种花？"她的心猛地一颤。

"是的，在美丽的科多拉大峡谷险峻的岩壁上，不谢花的种子将根系深扎下去，吸收天地灵气和日月精华，长至百年，便灿若星辰般绚烂地绽放，千年不谢……"小女孩很认真地给她讲着不谢花的神奇。

仿佛惊雷般的一瞬，盯着那画和笑容可掬的女孩，她恍然明白了——小女孩之所以从来不戴头套，总是坦然地以光头示人，总是以甜甜的笑迎对一次次的吃药、注射、化疗、手术……原来，在小女孩的心里，已开满了不谢的花朵。

就在那一刻，她真切地感到自己曾经的一些想法多么不应该。

第二次手术后，又经过了一段时间的化疗。身体柔弱的她，毅然放弃了本可以就此回到城市里休养的调动机会，在许多人不解的惊讶之中，她再次走进山区那间破烂的教室，又一脸幸福地举起了心爱的教鞭，让朗朗书声回荡在那山山峁峁之间。

很多的时候，她都会对着镜子，细心地梳理朋友赠送的那些漂亮的假发，还会在那干瘪的胸前垫上一块蓬松的海绵，让自己比过去还要美丽地站在学生们中间。

一次作文讲评课上，她讲到有关美丽的话题，讲到尽兴处，她坦然地摘下假发，亮出她那缀着少许发丝的荒芜的光头，微笑着告诉学生们——有些美丽需要精心地装扮，有些美丽则无需任何润饰，有些美丽一览无余，有些美丽则要苦苦寻觅。

那天，她又去医院复查。医生看着化验单，兴奋地告诉她："真没有想到，你恢复的效果这么好，简直创造了医学奇迹啊。你不知道，当初你住院时病情有多么严重，好几个专家看了都直摇头。而现在你好得让人吃惊，以后除了定期来复查一下，你什么药物都不需要了。"她灿灿地笑了，慢慢地向医生讲述了自己从痛苦的深渊走到幸福的高地上所经历的那些琐琐屑屑……

当她再次走进那个小女孩的病房时，得知小女孩已在三个月前永远地走了。

小女孩临走前将那幅画满了不谢花的简笔画托一位病友转给她，那上面还有几行用铅笔写的留言："好姐姐，真羡慕你，能做一名让学生喜欢的老师，能够经常站在那些朝气蓬勃的花朵中间，感受生活的美好，体味生命的富足。我相信：你现在就是一朵幸福无比的不谢花……"

大滴的泪珠滚落下来，她的心暖暖的，她懂得小女孩的心思，懂得让简单的生命开成一朵绚丽的不谢花，其实是很容易的——只需让心灵时时充盈着爱意，先好好地爱自己，然后再去爱更多更多的人，走在每一份爱的情怀里，发现爱，品味爱，播撒爱，便自然会拥有永不凋谢的美丽……

喀布尔的歌声

在成为一名国际志愿者前，她毕业于美国的名校，是一家跨国公司的高级职员，有很体面的工作和优厚的薪酬，是熟悉的朋友们十分羡慕的对象。

然而，一位同事发给她的一组照片，深深地震撼了她。那是喜欢摄影的同事拍摄于阿富汗的城市和乡村的照片，每张照片的下面都配了简洁的介绍性文字。

望着照片上那些起伏的山峦、沙漠，那些挣扎在战争、饥饿和疾病中的人们，她的心不停地震颤着，她突然觉得自己离那些人很近，他们就像她的邻居，那些目光里的迷茫或淡然，都在亲切地与她对视。她似乎听到了那来自遥远的国度的一声召唤，热切而真诚。

尤其是那张油画般的照片，惊雷般地击中了她的神经——昏黄的夕阳下，那个坐在磨盘上的少年，正对着远处连绵的重山秃岭，面色凝重地吹着口琴，风撩动他浓黑的卷发，一只老狗垂着头，若有所思地听着少年的吹奏。照片下面的文字是：少年的父亲在发生于喀布尔的一次炸弹袭击中丧生，她的母亲因药物匮乏，刚刚死于一场急性肺炎。十二岁的他，就住在他身后那个摇摇欲坠的简陋的茅草屋里。

他该有着怎样的忧伤？他的明天在哪里？她这样轻轻地自问，说不出的疼，在心底冉冉地。她不禁想起了鲁迅说过的："无尽的远方，无数的人们，都与我有关。"

从那以后，她关切的目光，开始更多地投向那片战火长久不熄的土地上。那里的爆炸声、哭喊声、呻吟声，以一幅幅新闻画面和一篇篇文字报道，让她再也无法像过去那样安安静静地翻看那些深奥的学术专著。那个遥远的国度里发生的很多事情，都会牵动她柔柔的心。

有人不解地问她："为何要花那么多的时间，关心那些素昧平生的人们？"

她就给他们讲那些在动荡的国家里，时刻面临着生命危机的人们，讲那个吹口琴的少年，她说："单从那张照片里，我就能听到那琴声里传出的忧伤，那么真切，那么孤独。"

后来，她加入了一个国际志愿者协会，成为一个非常积极的会员。那年秋天，她竟在众人的惊讶中，干脆辞掉了工作，作为一名志愿服务队员，毅然奔赴阿富汗北部山区，为那里饱受贫困和疾病缠绕的人们，送去一份人道主义的温暖。

在那异常艰难的窘境中，她耳闻目睹了许多惊讶不已的感人情景，她对那里的人们，面对苦难时所表现出来的淡定和从容，甚至是超乎寻常的乐观，留下了非常深刻的印象，也对苦难产生了更深的认识。譬如，那位几年间失去了三个孩子的大妈，脸上并没有人们所熟悉的那种巨大的悲伤，反倒有了一种参透了生命的淡然。那位大妈留给她的一句值得咀嚼的话是："活着，就要承受苦难，就像享受欢乐一样。"

她还倒了几次车，专程去了那个沙漠边缘的小镇，她想去见见照片上的那个少年，握一握他的手，听一听他的琴声。遗憾的是，她没能见到那位少年，听说他随一个大篷车演出队，到乡村巡回演出去了，少年的邻居告诉她，少年一直活得很阳光，似乎从没见他忧愁过，他还会演唱好几首中国新疆的民歌，因为有一个新疆来的导游，是与他很近的好朋友。

哦，是这样的。她的心里也陡然涌入了大片煦暖的阳光，感觉活着实在是一件很美妙的事情，尽管生活中有那么多的不如意。"不是我帮助了那里的人们，而是他们帮助了我。"这是她后来说得最多的感慨。

3月初，她来到了阿富汗首都喀布尔，因为每年的3月21日前后，阿富汗各地都要举办盛大的春耕仪式。她被当地居民邀请去参加他们的合唱团，他们穿着很简单的衣服，有的人甚至连一件没磨损的好衣服都没有，但他们每个人似乎都被快乐包围了，他们听从一个说话不大利落的老人指挥，很卖力气地放声高歌，每个人唱得都十分认真、十分投入，仿佛他们在完成一项特别重大的工作。她不禁大受感染，以往从不敢在众人面前开口唱歌的她，竟能与他们尽情地载歌载舞，两脚踏起的沙尘里，都漾着快乐的因子，自然早忘了那些烦恼和忧愁。

一年后，志愿者协会分配给她的任务圆满完成了，她与那些语言交流不多的人们，竟有了难舍难分的感情。

回国后，她整个人似乎都变了，变得特别开朗，人们问她原因，她笑着说："是喀布尔的那些动人歌声教会了我，无论生活是什么样子，都不能放弃快乐地歌唱。"

没错，尽管战争、饥饿、贫困、疾病和死亡，影子一样地跟在身边，但喀布尔市区的人们，和那些偏远的山村里的人们，都没有悲伤地抱怨，而是用欢快的歌声，唱着自己不肯跌落的对美好未来的向往，唱着对简单的生活点滴的满足。

面对苦难，报以朴素的苦乐，那不仅仅是一种生活态度，还是一种令人敬佩的人生智慧。

没有翅膀也可以自由地飞翔

1983年的一天，在美国亚利桑那州图森市的一家医院，一个女婴呱呱坠地，令她的父母惊愕无比的是，女婴居然一出生就没有双臂，连见多识广的医生也无法解释这个奇怪的现象。

在父母的疼爱下，女婴一天天地长大，成为一个可爱的小女孩。

那天，站在阳台上的女孩，看到与自己同龄的一群孩子正张开天使般的双手，在阳光下欢快地奔跑着追逐翩翩起舞的蝴蝶，女孩十分伤感地向母亲哭诉命运的不公，竟然不肯馈赠她拥抱世界的双臂。

母亲平静地安慰她："孩子，上帝的确有些偏心，但上帝是要送给你更多的梦想，要让你用行动去告诉人们——即使没有翅膀，也依然可以高高地飞翔，就像没有修长的十指，你同样可以弹出美妙的琴声，可以写出漂亮的文章……"

"我真的能做到那些吗？"女孩仰起头来。

"只要你肯努力，就能做得到，只要你的梦想没有折断翅膀，你就一定能飞得很高很高。"母亲温柔的目光里充满了不容置疑的坚定。

女孩相信了慈爱的母亲的话，目光一遍遍地抚摸着在自己那双看似普通的脚，心中暗暗地告诉自己：我有一双非凡的脚，不只是用来奔走的，还是用来飞翔的。

　　此后，在父母的指导、帮助下，女孩开始有计划地锻炼自己双脚的柔韧性、灵活度和力量。怀揣梦想的她，克服了许许多多的困难，尝过了谁都无法数清的大量失败，终于在人们大片的惊讶中，练出了一双异常自由灵活的脚——她不仅可以用双脚吃饭、穿衣等，轻松地实现了生活自理，还学会了用脚弹琴、写字、操作电脑……她用双脚做到了几乎是常人所能做到的一切。

　　女孩开始在人们面前自豪地展示自己非同寻常的"脚上功夫"，起初遇到的那些异样的眼光，渐渐地充满了惊讶和钦佩。在她十四岁那年，女孩彻底地扔掉了那副装饰性的假肢，一脸阳光地穿着无袖的上衣，走进校园、商场、街区……仿佛自己根本就不缺少什么，除了常人那样的一双臂膀。

　　女孩在继续着创造奇迹的脚步，她读书刻苦，作业写得总是一丝不苟，从小学到中学，她的学习成绩始终名列前茅，老师和同学们都十分敬佩她的坚毅和自强。当她拿到亚利桑那大学的心理学专业的学士学位证书时，一家人幸福地拥抱在一起。父亲自豪地鼓励她："孩子，你还可以做得更棒！"

　　"是的，我还可以做得更棒！"女孩自信地笑着。

　　为了增强腿部肌肉的力量，保持腿部的灵活性与韧性，女孩不仅坚持跑步，还成为碧波荡漾的泳池里的一条自由穿梭的美人鱼，还成了那家跆拳道馆里小有名气的高手……一位医生曾指着给她拍的 X 光照片，惊奇地喟叹：经过锻炼，她的双脚已变得异常敏捷，她的脚趾关节已像手指关节一样灵活自如。

　　女孩的梦想还在不停地放飞着，她又走进了汽车驾驶学校。在教练员惊讶的关注中，她很快便掌握了驾车的各项技术，通过了近乎苛刻的各项考试，顺利地拿到了驾照，开始用双脚娴熟地驾车御风而行……

接下来，女孩要去圆自己心中埋藏已久的梦想了——她要亲自驾驶飞机，拥抱苍穹。

曾经培养出许多飞行员的著名教练帕里什·特拉威克一看到亲自驾车来报名的女孩，就知道她一定会飞上蓝天的，就像一只矫健的雄鹰那样，不仅仅因为她那娴熟的驾车技术，还因为她目光中流露出的从容与果决。

果然，女孩在学习飞机驾驶的时候，丝毫不逊色于那些身体健全的飞行员，她一只脚操纵着控制板，另一只脚操纵着驾驶杆，滑行、拉起、升空……她冷静、沉着，每一个动作都十分准确、到位，比不少学员表现得都出色。教练帕里什·特拉威克说："事实证明，她是一个优秀的飞行员，她驾驶飞机时非常冷静和稳定。一旦你和她在一起待上二十分钟，你甚至就会忘掉她没有双臂的事实。她向人们显示，人们可以克服所有的限制，她真是太令人难以置信了。"

二十五岁的女孩如愿地拿到了轻型运动飞机的私人驾照，成为美国历史上第一个只用双脚驾驶飞机的合法飞行员，开创了飞行史的先例。女孩的名字叫做杰西卡·考克斯。

如今，杰西卡·考克斯已是美国家喻户晓的英雄，她靠双脚生活和奋斗的感人故事，给世人带来了巨大的心灵震撼和精神鼓舞。

在美国数百场的演讲中，杰西卡·考克斯说得最多的一句话是："你的梦想有多高，你就可能飞多高。"

没错，即使你生来就没有翅膀，但你依然可以高高地飞翔，因为你心中永不跌落的梦想，会为你生出自由翱翔的双翅，会给你传递无穷的力量，会帮助你创造难以置信的奇迹。

落在沼泽地里的花瓣

　　走进市郊那个破烂的小院，女儿厌烦地跺脚，她想把鞋上的灰尘，连同突然被宣布不是小公主的伤感一同跺掉。此刻，正值春天，院子外面各种草木正恣意地葱茏着。他的心却彻骨地寒凉，如掉入冰窟窿里一般。只因一时草率的决策，他遭遇了生意场上的"滑铁卢"，尝到了懊悔不已的惨败：公司破产了，债主们纷纷追上门来，刚买的别墅属于别人了，奔驰车的钥匙交出去了，家中值钱的东西，几乎都被变卖了抵债，还欠了银行三百多万元贷款。

　　他坐在那张吱吱呀呀的破椅子上，透过租住的小平房灰蒙蒙的窗玻璃，他的目光也黯淡下来。他把烟灰掸落在水泥地上，长长的叹息，在小屋内随着烟雾一起缭绕着。

　　好几天了，他就那么长时间呆呆地坐在屋子当中，霜打的茄子一样，没有半点儿的生气。很聪明的他，从小到大，无论做什么似乎一直都很顺，顺得他不禁飘飘然了，结果栽了一个大跟头，一个让他一时难以爬起的跟头。

日子总要往下过。他翻看报纸上的各种招聘启事，好容易发现几个感觉合适的岗位，电话打过去或上门面谈，迎接他的却是一次次的失望。他更抑郁了，开始借酒浇愁。

做了十几年全职太太的她，在家中发生了那么大的变故后，仍每天衣着整洁，面色淡然，一副临危不乱的镇定。除了更精打细算地过日子，她还去家政公司做了登记，频频地出去打零工。她每天忙里忙外，十分辛苦，收入也不多，但她脸上总是知足的神色。

她在窄窄的窗台上摆了拣来的两个有豁口的花盆，栽了从田野里挖来的山药花。粉红的花朵，散着泥土的馨香，给简陋的小屋，添了一抹亮色。

那天，她去为某局长做家政服务，夜色很深了，她才忙完，拖着一身的疲惫往家走。

在一个街角，一个白发斑斑的老人，正孤独地守着一小堆有些发蔫的小白菜，似乎不抱希望地等着买主过来。

这么晚了，这么偏僻的地方，根本就不可能再有顾客了，这位老人为什么还不回家？她不禁好奇地走过去。

显然，老人以为她相中了自己的菜，眼里立刻流露出欣喜的光亮，热情地告诉她，那是她自己种的小白菜，是真正的绿色蔬菜。她微笑着蹲下身来，随手拿起用草绳捆扎的一小把白菜，顺便与老人聊了起来。

于是，她知道了——老人唯一的儿子被车祸夺走了生命，儿媳带着孩子远嫁他乡，她一个人过日子，只靠很低的特困补助。好在她自己动手，在一个废弃的砖窑旁种了一点儿蔬菜，给自己吃，还可以换几个小钱儿，赚一点儿快乐。

真是一个不幸的老人！她不由得心生同情，要把那些白菜都买下了，老人却不同意："买几捆吃个新鲜吧，喜欢的话，明天可以再买。"

她愕然，继而有些感动："我想买回去，明天给城里的邻居们分一分，让他们也尝尝这正宗的绿色蔬菜。"

老人相信了她故作轻松的撒谎，帮她把那些菜一一地塞进她随身携带的购物袋里。老人固执地要优惠她一块钱，理由是她照顾了自己的生意，让自己可以早一点儿回家休息。

她拿出刚刚领到的一张百元钞票递过去，老人挠了挠头："我没有零钱啊！找不开的。"

"那您就先拿着吧，等哪天我从这里路过时，您再找给我。"她心里很想说不用找零了，但她没说出口，她怕自己的善意伤了老人的自尊。

"那你先拿着，哪天从这儿路过，你给我捎来就行了。"老人比她还爽快。

"您那么信任我？"她心里暖暖的。

"有啥不信任的？我一看你就是一个心地善良的好人。"老人很自信地笑着。

"谢谢您！还是您先拿着吧，可能我这几天要出差……"她刚才在路上接到一个电话，一位大学老师想请一位月嫂，给的报酬还可以，她答应了过去做。

"你先拿着，我常在这里卖菜，你顺道给我带来就行。"老人不由分说地决定了。

拎着那一大袋子蔬菜，她的脚步突然轻盈起来。老人皱纹舒展的笑容，在她面前不停地晃动，她忽然想起一篇文章——《落在沼泽地里的花瓣》，想起那位在战争中失去了五位亲人，自己也瘸了一条腿的老战士，曾说过这样的话："看到那些沼泽地里的花瓣，你就知道，不管多黑的天，总会亮起来的。"

是的，多黑的天，都会亮起来的。她要马上告诉他：从今天开始，他必须告别叹息。

很快，她做的一大锅白菜汤飘出缕缕清香，开始成熟的女儿，从轻轻哼着歌的母亲脸上，看到了一种青春般的阳光。他的眼睛被汤碗里升腾的热气打湿了——柔弱的她，一直无怨地操持家务的她，面对骤然翻转的生活，竟能回以男子汉般的坚毅与坦然，他不由得为自己一度的消沉羞愧起来。

那顿晚餐，一家三口搬到市郊后，第一次吃得那么畅快。她贤良的微笑，就是艰难的日子里最好的煲汤。深受感动的他，猛然扔掉缠绕在身的沮丧，大声地向她和女儿宣布，他要从头再来，努力打拼。女儿也懂事地表示，她也要好好学习，用更多的优秀证明自己。她却笑着说："能够快乐地享受富裕的日子，也懂得从苦日子里品味快乐，才算真正地懂得了生活。仰起头来，能看到幸福，低下头来，还能看到幸福，才算是明白了人生的真谛。"

他惊讶道："真没想到，当了这么多年的全职太太，你的认识还这么深刻！"

"别忘了，你的妻子绝不只是一个家庭保姆啊，她的美丽和智慧，你当年就看到了。还记得我们去教堂举办婚礼时，我们相互保证过：不论是顺境或逆境，富裕或贫穷，健康或疾病，快乐或忧郁，我们都会把爱进行到底，都会让生命中拥有更多的阳光。"她似乎又被带回到了婚纱纷披的那个幸福时刻。

"没错，我们没有理由让失败阴影一样追随在身边。"他突然发现，这世界上最宝贵的财富，他一直拥有着，从不曾失去。他不禁激动地与她深情相拥。

接下来的日子里，他和她把那个小院收拾得干干净净，挖了排水沟，种了一大排花，姹紫嫣红，香气弥漫。小屋里的各种用具因陋就简，但布置得很别致，给人一种说不出的温馨。她只要在家里，就展示一下自己的好厨艺，用最寻常的蔬菜，烹饪出一家人欢悦的美味。

如今，见到他们的人，都特别羡慕和赞叹他们无遮拦的幸福，都不相信他们曾从千万富翁，在一夜之间沦落为"穷光蛋"，至今还背着二百多万元的债务。因为在所有见到他们的人眼睛里，他们都是这个世界上最幸福的。

"落在沼泽地里的花瓣，也一定要美丽，一定要芬芳。"这是她喜欢的一句话。

向上帝借一双手

在二十世纪五十年代朝鲜战场上的一次惨烈的阻击战中，二十多岁的他永远地失去了双手，下肢从小腿以下也都被截去，特残的他变成了一个"肉骨碌"，住进了荣军院。

看到自己成了处处需要照顾的"废人"，他心情极为沮丧，绝望得他几次企图自杀都没成功——那会儿，他连自杀的能力都没了。

后来，在别人的讲述中、在影视作品中，他认识了奥斯特洛夫斯基、海伦·凯勒、吴运铎等一些中外钢铁战士，他们在残酷的命运面前那永不折弯的坚韧品性，深深地震撼了一度迷茫的他——原来，生命的硬度远在钢铁之上啊。

于是他开始近乎自虐般的学习生活自理，经过无数次跌跌撞撞的摔打，他终于具备了独立生活的能力，并毅然地告别了他完全有理由享受安逸的荣军院，回到了当时还很贫穷的沂蒙山老家。

不满足于能够做到生活自理的他，又拖着残躯，无数次地爬山、上坡、下山沟，带领着乡亲们开山修路、架桥引水、种树、建果园……直到贫困的山村真正地富裕起来，他这个无手的村支书一当就是三十多年，让乡亲们无比敬佩。

从村支书的位置上退下来后，不甘寂寞的他，为给后代留一份精神遗产，又开始艰难地写书——他用嘴咬着笔写字，用残臂夹着笔写字，用嘴、脸和残臂配合笨拙地翻字典。写上几十个字，都要累得他浑身是汗。

要知道从未上过学的他仅仅在荣军院的习字班里学会了几百个字，虽说他后来一直在坚持读书看报，但文学素养几近于零。很多人都不相信他以那样的文化功底、那样的身体条件，还能够写作，许多知情者劝他别自讨苦吃了，可他写作的信心毫不动摇，硬是花了三年多时间，七易其稿，写出了撼人心魄的三十多万字的长篇小说《极限人生》。

他就是中国当代的保尔·柯察金——特残军人朱彦夫。

没有双手、双腿残疾、视力仅有 0.25 的朱彦夫，硬是凭着自立、自强的渴望，凭着挑战命运的坚韧，他打碎了生活中的一个个"不可能"，以无手的残肢书写了传奇人生，留下了生命熠熠闪光的篇章。就像他那部小说的名字一样，他打破了人生的许多极限，创造了生命耀眼的辉煌。

其实，谁都可以像朱彦夫那样，只要信念在握，热情永不泯灭，虔诚地努力向上，有些极限是完全可以被超越的，有些奇迹完全可以在拼搏中诞生。

两扇磨盘也能磨亮人生

　　尤利乌斯·马吉出生在苏黎世郊区的一个贫困的农家，他童年和少年最深的记忆便是清贫，无法形容的清贫，让一家人似乎永远都看不到希望。异常窘迫的家境，让他没有读完初中，便开始了艰难的打工人生。

　　然而，多年过去了，他唯一的特长只是像父亲那样磨面粉。父亲曾悲哀地对他说："你这辈子就是磨面粉的命了。"

　　马吉不甘地回答父亲："不，我不会一辈子迈着沉重的步子，一圈圈地推着两扇磨。"

　　父亲粗重而无奈地叹息："那你还想怎样？多少人都这样对付着过日子，难道你还能从这两扇石磨上磨出什么希望来？"

　　"别人是别人，我就是要磨出一份我想要的生活。"马吉的眼里闪射着热切期待的光芒。

　　他绞尽脑汁地想了许多改变生活状况的门路，结果却遭遇了一次又一次的失败。父亲撒手而去时，留给他唯一的遗产便是那两扇简陋的磨盘。

望着那转了无数圈的磨道，望着那两扇默默无言的磨盘，不服输的马吉又在思索着走出窘境的途径。

苦心人，天不负。二十岁那年的一天，马吉偶尔从朋友舒勒医生那里得知——干蔬菜不会损失营养成分。他想：若将干蔬菜和豆类放在一起研磨，一定会磨出富有营养的汤料。那样，岂不可以让那些家庭主妇们熬汤更快捷、方便一些？

说干就干，他立刻借钱购置了干燥机和搅拌机等设备，开始研磨自己期待的那种汤料。就这样，一个灵感加上果断的行动，马吉很快便赢得了众人惊讶的成功——在很短的时间内，他便磨出了最早的速溶汤料。产品一投放市场，便大受顾客的欢迎。因为用他的汤料，只需五分钟，就可以做出一盆营养丰富的香汤。大受鼓舞的马吉再接再厉，到1886年，他陆续开发出数十种袋装速溶汤料，产品迅速畅销欧洲。

然而，马吉仍不满足，他的眼睛继续紧紧盯着那两扇磨盘，思索着接下来该磨出什么样的新产品。经过反反复复地试验，他终于在1890年，磨出了可以改变寿司、凉菜、鱼肉、汤和配菜味道的万能调味粉。后来，他又研磨出了广为畅销的浓缩肉食品。到1901年，他已是拥有资产超过亿元的大型跨国公司的大老板。

在苏黎世大学举办的一次演讲中，马吉自豪地告诉人们："即使命运只留给我两扇简单的磨盘，我也懂得用信心、智慧和执着，磨出亮丽的人生。"

没错，只要不肯向所谓的命运低头，不甘在原来的生活里转圈子，开动脑筋，努力打拼，即使是平凡的人，也终会像马吉一样磨出精彩的人生。

沉浸在一片静美中

　　夏日的午后，走过街角那个修鞋的小摊，我没有看到一个顾客，只看见那位年近七旬的老人，正倚靠在一把竹椅上，微眯着眼睛，轻轻摇晃着头，伴着半导体收音机里面播放的京剧，很惬意地哼唱着，一板一板地，仿佛一个超级的京剧票友。

　　一曲唱罢，老人拿起那个装了茶水的大罐头瓶子，美美地喝了一大口茶，舒坦地长舒了一口气，又调了一个波段，津津有味地听起了现代评书，一会儿的工夫，便让自己陶醉于那书中的世界，全然没在意全天还没有一个顾客光临他的修鞋摊。

　　悠然的老人，真让人羡慕。走出很远了，我仍情不自禁地回转头来，朝老人那边望去。我知道，他退休后便摆了这个鞋摊，生意不好不坏。他就住在对面的小区里，他有一个智障的儿子，四十多岁了，还要靠他赚钱养活。可是我从没见过他愁眉不展，倒是常见他乐呵呵地，有顾客光临如此，一个人也如此。

　　回到一楼的家中，我站到窗前，看到居住在顶楼的小黄老师，穿一件干净的短袖衫，正在小区的院子里，满脸慈爱地看着五岁的女儿，将他准备装修房子用的那堆沙子，用一个红色塑料小桶，一桶一桶地运到花坛边，饶有兴致地堆建沙堡。女儿的脸红扑扑的，有亮晶晶的汗珠滚落，她胖乎乎的小手上去一抹，细细的沙子，便金粉一样黏在了脸上。他看见了，笑得更灿烂了，他似乎想起了自己童年，也凑到女儿跟前，与女儿一道玩起了沙子，就像当年与小朋友们在一起玩泥巴那样，脸上也粘上了沙子，父女俩相视而笑。

沙堡堆建好了，女儿只欣赏了一小会儿，便推倒了，又在小黄的指导下，开始信心十足地堆建小房子。她手中挥舞着一把小铲，像一个聪明而勤快的建筑师，在忙忙碌碌中，享受着满怀的快乐。

一只翩翩的蝴蝶忽然从身边飞过，将女儿的目光吸引过去。她追逐着蝴蝶，两条高高翘起的小辫，可爱地摇摆着。蝴蝶飞走了，她又对花坛里那些花朵产生了兴趣。小黄走过去，指点着那些花朵，一一地向女儿介绍着花名：芍药、月季、打碗花、牵牛花、鸡冠花、波斯菊……女儿崇拜地问父亲怎么认识那么多花啊？小黄笑着告诉她，都是自己在书上认识的，要想认识更多的花，就要好好读书。女儿似有所悟地说，我长大了也要读好多好多的书，也认识好多好多的花。小黄赞许地说，好孩子，我相信你将来一定会好好读书，会做一个热爱生活的人。

"什么才算是热爱生活的人呢？"女儿仰起笑脸，眼睛里盈满了天真。

"热爱生活的人啊，就像你现在这样，对很多事情好奇，做事情投入，快快乐乐的，没有烦恼，也没有忧愁。"

"那就是一个幸福的人啊！"女儿的嘴里突然蹦出这么有意味的一句。

"对，对，就是做一个幸福的人。"小黄赞赏地抚摸着女儿的头。明亮的阳光里，似乎也渗入了淡淡的花香。

望着阳光里的小黄老师和女儿那副怡然自得的样子，我的心里暖暖的，还有一缕缕的疼痛。我知道，小黄老师得了肝癌，医生说他的生命最多还能维持半年。可是我从没有见到他悲伤过，更没听到他抱怨过。他跟我说过，他只想让自己沉浸在幸福中，多留一些美好的记忆给妻子和女儿。

修鞋的老人和小黄老师，是我身边熟悉的两个人，也是令我十分敬佩的两个人。他们或是被生活的困顿缠绕，或是被宣告生命将提前谢幕，但他们没有愁容，没有抱怨，他们仍微笑着沉浸在一支唱段和一节评书里，微笑着沉浸在一堆细沙一朵小花里，那该是怎样的一种气度啊？唯有懂得从沧桑岁月中读出诗意的生命，才能如此满怀爱意地，以如花的笑靥，坦然地迎接人生的不幸。

请忧伤和哀愁走远，沉浸在一片静美里，我听到了花开的声音，看到了美好在绽开，一束一束的。

收藏阳光

　　我认识这样一位文友：他患有先天性小儿麻痹症，走路一瘸一拐的，一张有些夸张的豁嘴，让他小时候受了好多的奚落。他的家境也不大好，高中没毕业便辍学了。他换过好多种工作，但几乎都属于脏、累、苦的那类，他的婚姻之旅也是一波三折。不过，尽管如此，他却整天乐呵呵地忙碌着，周身上下洋溢着无法掩饰的快乐，好像自己就是天底下最幸福的人似的。

　　如今，他有了可爱的妻子和女儿，文章写得也越来越出名。

　　在夏日的某个午后，被一些琐事搅得心烦意乱的我坐卧不安，便到街上走走，不知不觉地踱进了他那间不大的小屋。看到他正哼着歌侍弄几盆挺普通的花，便一脸惊奇地问他："瞧你一天天像中了奖似的高兴，难道你就没有碰到过什么不开心的事吗？"

　　"怎么会碰不到呢？"他满眼爱怜地给花松土。

　　"那你为什么总是那么快乐呢？"我有些不解。

　　"因为我懂得收藏阳光啊！"他冲我神秘地笑笑。

"收藏阳光？"我一头的雾水，大惑不解地望着他。

"是的，过来给你看看这个，你就知道了。"说着，他递给我一个书写得工工整整的日记本。

我好奇地打开日记，看到了下面这样一些跳跃的文字——

今天，我只用两分钟就疏通了邻居的下水道，邻居直夸我是他见过的最棒的疏通工，以后要给我介绍更多的活儿。看来，掌握一门受人尊重的手艺是一件挺幸福的事情啊。

今天，收到报社寄来的八块钱稿费，给女儿买了一包跳跳糖，她高兴地跟我表白了她的理想——她长大了也当作家，也写稿挣钱。嘿嘿，我这位"作家老爸"言传身教得真不错呢。

今天，在市场上碰到一个卖瓜的朋友，他非要白送我一个西瓜，实在推辞不过，我就送了他儿子两本杂志，我说我们是物质与精神交流，他很高兴，我也很高兴。看来，朋友间的馈赠，并不需要什么贵重的东西，重要的是那一份真诚。

今天，我终于学会了仰泳，是一位退休的老师傅教的。他真有耐心，足足教了我半个月，我都快泄气了，他还那么信心十足。看来，那句话说得真有道理——因为没有了信心，许多的成功便成了不可能。

今天，在旧书摊上只花了三块钱，就买到了苦觅多年的《楚辞通解》和《文章别裁》两本书，真是苍天不负有心人啊！

今天，春节从老家回来，忽然看到自己家门上被贴上了对联和大大的"福"字，正惊喜着，看到我曾送过空易拉罐的收拾楼道的大娘上楼来，我立刻过去道谢。原来，爱的对面也是爱啊……

厚厚的一本日记，翻来覆去，简洁、生动地记录的，不过都是这样的一件件毫不起眼的简单、琐屑的小事，都是常常被我们很多人忽略不计的一些情景。我一时还无法将它们与文友所说的"阳光"联系在一起，便纳闷地问他："这就是你收集的阳光吗？"

"是啊，这些就是温暖我生活的阳光。一有闲暇，我就会不由自主地拿出来翻翻，每一次看过，心里都有一种暖暖的感觉。"他宝贝似的摩挲着那已起了毛边的日记本。

　　"其实，那都不过是你耳闻目睹的一些生活中的琐事而已。"我有些不以为然道。

　　"是的，它们都是一些常常被人们忽略的小事、小情、小景，可它们都是真实的，都是生动的，都是触手可及的，它们以丰富多彩的姿态，在向我讲述着生活里的种种美丽与美好，它们就像温暖的阳光一样，帮我驱散了心灵中的烦恼、忧郁、贫困、艰难、痛苦……"文友很认真地向我述说着。

　　哦，我这时才恍然大悟——多么会生活的文友啊，他心里其实也知道生活中有许许多多的不如意，可是他懂得收集生活里面的那一个个感动心灵的细节，他懂得让那些温馨、愉悦的情节更多地占据心灵，懂得如何让自己更多地生活在一份份新奇、感激、成功、快乐、自由等等簇拥的天地中，从而冲淡岁月中的那种种的不如意，让幸福总是阳光一样洋溢在身边……

　　哦，我终于知晓文友之所以一直那样自信、充实、幸福的秘密了。原来，真正会生活的人，并不回避人生的风风雨雨，而是懂得在阳光灿烂的日子珍惜生命，并学会收藏那些阳光一样温暖的情节，并在一次次深情的品味中，真切地感受那一缕缕的幸福……

　　那天，在《中国青年》上读到一位与疾病顽强抗争的女孩的故事，在深深地为女孩的"阳光精神"感动中，我不禁再次默默地念起了支撑女孩生命的那句格言——谁都没有理由拒绝阳光，因为谁都无法拒绝爱。是的，一个人只有心中有了绵绵的爱，才懂得珍惜阳光、收藏阳光、沐浴阳光、播撒阳光……

第五辑　不能花开，就请叶绿

　　一路登攀直达顶峰是一种人生，不时地换一条路走走也是一种不错的人生。不能花开，就请叶绿。善于转弯，善于变通，善于调整，就会进入到一个更开阔的天地中，会遇见更多的机会，自然也就会收获更多的惊喜。

弯路也能走远

喜欢绘画，是在读中学的时候，像他不羁的性格，从第一次拿起画笔，他的眼睛里便没有一位崇拜的老师，他对那些绘画教材上的理论和方法，从来不屑一顾，也不在意别人的评价，只管随意画下去，完全由着性子，自由得放纵。

他报考过好多所艺术院校，但他特立独行的画作，始终未能引起阅卷老师的关注。失败，一个接一个，爆豆似的，劈头盖脸地打在他青春飞扬的脸上。

有老师善意地劝他，不妨去参加一个辅导班，先探探"艺考"的正路，免得走弯路。

他自然是不肯听的，依旧按着自己的心思，画自己心目中的"杰作"，连续三年参加艺术院校的术科考试，他都铩羽而归。一颗倔强的心，也曾被失败磨砺得在某一刻柔软过，曾呆呆地望着那些画作，怀疑自己是否真的误入了歧途。然而，他最终还是不肯低头，仍在自己认准的道路磕磕绊绊，直到昔日的同窗大多已从艺术院校毕业，有的成了小有名气的画家，有的成立了创作室，有的做了艺术院校的老师，他的作品依然无人问津。

偶尔，他听到有人私下里嘲笑他是"给凡·高调颜料的"，早已对考学无望的他，也只是淡淡地一笑，什么都不说。

父母对他的偏执，很是头疼，但软硬兼施的结果是他初衷不改，只得无奈地看着他"走火入魔"，彻底放手，不再管他。

好在那位当煤矿老板的舅舅很喜欢他，给他拿了大把的钱，任他背着画夹，天南海北地游荡。尽管他的画作，没有丝毫艺术细胞的舅舅也根本看不懂，但就是宠着他，近乎溺爱地随他在自己臆想的世界里天马行空。

那年6月，烟雨迷蒙的周庄，临河的阁楼上，饮过一碗米酒，望一眼窗外形形色色的游客，他陡然生出作画的冲动，便拿起画笔，在餐桌上飞快地勾勒起来。

"画得好！"不知何时，一位很有些仙风道骨的老者站在了他身后。

"真的？"第一次听到有人赞叹，他竟有些羞涩，尽管他骨子里一直坚信自己虽然画得不是很好，却也绝非一无是处。

"有境界，有个性，只是力度大了一些，露出了明显的生硬，许是年龄的缘故，但假以时日，自会大有改观。"老者微笑着拈须点拨道。

"多谢大师指点！"已收敛了许多傲气的他，听老者的评语还是很顺耳的。

"若想画得更好，必须心无旁骛。"老者扔下这句话，便翩然而去。

漫步在周庄弯弯曲曲的河道、桥梁和小巷间，他一遍遍咀嚼着老者赠他的寥寥数语，幽闭的心扉，陡然射入了一丝光亮。

两年后的一天，他在街头作画时，被中国香港一位著名的书画收藏家看到。那位收藏家竟然让他开价，说要收藏他近两年创作的所有作品。

他起初以为收藏家是在开玩笑呢，便随口说了一个相当大的数字，没有想到收藏家居然一口就答应了。

他惊讶地问收藏家："我可是一个不知名的画家啊，出这样的高价，难道您不怕投资失败？"

收藏家一脸自信道："年轻人，我不会看走眼的，你的画作一定会让我赚钱的。"

果然，又过了十年后，他终于声名鹊起，作品畅销海内外，一幅画作动辄数百万元。而他，此时刚过不惑之年。

如今已经客居意大利的他，在一次接受罗马电视台的专访时，谈及自己的成功经验，他给出了平淡而耐人寻味的六个字——弯路也能走远。

当年那些在绘画路上顺风顺水的同窗，虽然也各有收获，但都没有他的成就显著。或许真的像那个大家耳熟能详的成语说的那样——曲径通幽，通往艺术深邃境地的道路，更喜欢弯弯曲曲，而不是笔直顺畅。

而他也由衷地庆幸，自己没有轻易地转身，才赢得了今日的柳暗花明。

不能花开，就请叶绿

那年秋天，我随一支大学生志愿者服务小分队，去宁夏西部的一个山村支教。

长途客车在沙尘飞扬的大戈壁上颠簸着，透过车窗，我忽然看见远处旷野上有两个年轻的男子，正站在一块巨石上面，仰望蓝天白云，双臂挥舞着，似乎在呼喊着什么。家住附近的一位同学告诉我，他们原先是县剧团的演员，演技还不错，演到哪里都有不少人喜欢。后来剧团解散了，他们就出去打零工，闲暇的时候，他们随便站在哪里，都会嗓子一亮，高歌几曲。他们说，不能登台演出了，就大声地唱给自己听吧。

他们真是快意人生，颇有些侠士风度。我忽然想起一位著名登山家曾说过：真正的登山者，并不特别在意成功登顶的那一时刻，而是更在意一路登攀的愉悦。细心想来，的确有道理，无法登顶的时候，慢慢地欣赏一下沿途的风景，不是很好的选择吗？

在那干旱缺水的村庄里，庄稼活得艰难，牲畜活得艰难，百姓的日子也清苦得叫人心疼。然而，我却十分惊讶地发现，我见到的人们穿得很差，吃得很差，用的很差，一个个精神气儿却十足。我没看到几张哀愁的容颜，倒是从那一张张被阳光晒得酱紫、被风沙吹得粗糙的面颊上，看到了许多平和的神色，甚至看到了许多灿烂的笑，干净得像澄碧的蓝天。

我问一位七旬的老者，为何大家生活如此窘迫，却依然有那样好的心情。老者平静道："谁都希望过上好日子，可总有很多梦想会落空的。播下瓜种，不一定能够如愿地收获香甜的瓜，那么，为什么不怀揣一份好心情，欣赏一下瓜秧上面那些美丽的花呢？"

不能收瓜，就去赏花。这真是一种收放自如的洒脱啊！真是一种值得深思的人生智慧啊！我不禁对身边那些平凡无奇的人们肃然起敬。

我新认识的邻居，是一个叫人见了便要心生怜爱的小女孩，她因患有先天性的肌无力，在十二岁那年，突然失去了行走的能力。而此前，她酷爱跳舞，舞蹈老师夸赞她有跳舞的天赋，是一个搞艺术的好苗子。那年，她还曾登上过银川市电视台主办的春节联欢晚会舞台呢。在她的家里，我见到了墙上那幅漂亮的剧照，身着舞衣的她，真像一个美丽的天使。

如今，她被疾病困在了床上，要想到外面去，就得让父母把她抱到自制的那台沉重无比的简易轮椅上。父母身体也不大好，很懂事的她，便将自己的活动范围，基本上限定在床上和院子里。更多的时候，她是趴在窗台上，望外面的世界，偶尔在父母的帮助下到院子里转转。

她喜欢笑，一脸天真无邪的笑，纯净得叫人立刻就会想到那个词汇——一尘不染。

她告诉我，她今生再也不能跳舞了，就编一些与跳舞有关的故事，写下来，讲给自己听，有时候也讲给大人们听，还想投稿，争取让更多的读者看到她写的故事。

我为她的阳光心态鼓掌，问她："不能跳舞，是不是感觉很遗憾？"

她莞尔一笑："刚开始，痛苦得都不想活了，觉得老天太能捉弄人，赐给我跳舞的灵性，却不让我去跳舞。现在，我已经完全想开了，不能花开，就请叶绿。"

"不能花开，就请叶绿。"刹那间，我的心灵被一种东西深深地震撼了。

她拿给我看她写的故事，简单的情节，简单的语言，里面透着不事雕琢的童真情趣。

真好，在那些支教的日子里，我送去了知识，却收获了无价的精神财富。尤其是那一句"不能花开，就请叶绿。"更让我清醒地认识到，当疾病、挫折、失败等不幸突然降临时，不必惊慌，也不必抱怨，而是微笑着迎上去，让人生转个弯，转向另一方天地，去欣赏另一片明媚。

有些高峰要留给仰望

他是一位著名的职业登山者，在二十多年执着不懈的攀登中，世界上许多著名的高峰，都被他踩到了脚下。

那一天，曾经历过数次登顶失败的他，又经过一段时间精心的准备，再次向自己心仪的珠穆朗玛峰进发了。

站在海拔六千七百米处，仰望高耸入云的峰顶，他仿佛听到了生命深处那热烈的召唤，他激动地冲着白雪皑皑的山峰，喃喃道："我来了，追赶着年轻时放飞的梦来了。"

苍天似乎也听懂了他的心声，那两天的气候非常适合攀登，他一路向上，行进得十分顺利，在抵达海拔近八千米的高度时，他仍保有不错的体能。经过一夜休整，他继续向顶峰挺进。

然而，天有不测风云，早上还是晴空万里，微风徐徐，可刚过了两个多小时，山间便开始云团翻卷，狂风劲吹了。他小心翼翼地挪动脚步，异常艰难地向上攀登，一步一步地，极其小心，极其缓慢。又过了两个多小时，他终于疲惫不堪地抵达距离峰顶还有二百米的一个避风的落脚点。

休息了一会儿，风似乎还没有小下来，他开始试探着向顶峰冲击。

然而，他只向上攀行了一百米左右，便停了下来，他感觉到耳畔呼啸而过的狂风更猛烈了，他的双腿也越发沉重起来。他预感自己这一次真的难以征服最后这不足百米的路程了，即使自己奋力冲刺，能够抵达峰顶，恐怕也难以安全地下山。

于是他仰望着近在咫尺的峰顶，跪了下来，双手合十，将一份虔诚的敬意呈上。又用手指，在那块岩石遮挡的一片平坦的雪地上，画了一个象征如愿的小圆圈。然后，抓紧时间往山下撤退。

他一撤到安全地带，便闻知有两位与他同一天登峰的英国登山队员还没有撤下来。不久，他便从报刊上看到了他们遇难的消息，他们都倒在了距离顶峰三十米左右的地方，从他们遇难时的姿势判断，他们都已登临了峰顶，他们是在下山时遭遇不幸的。

当有记者问他，当初在决定放弃的时候，是不是感觉特别遗憾。他悠然道："是有一点点的遗憾，但不是特别遗憾，因为有些高峰，有时是要留给仰望的。"

"有些高峰，是要留给仰望的。"他的这句深邃的话语，不仅是说给攀登珠峰者的，也是说给所有攀登人生高峰的人们的。

记得那一期的《开心辞典》，留着美丽卷发的臧涛，浅笑嫣然地答着一道又一道题，很难相信她竟然是一位癌症晚期病人。当王小丫夸赞她头发漂亮时，她笑着说：这是我新烫的，我要让自己每天都漂漂亮亮的。她坦然地讲述着自己的病情，仿佛在述说别人的故事，自始至终，她都保持着甜美的微笑。她有一句话特别令人感动："我虽然有很多的梦想不能实现了，但我已经在心头升起了，我已向它们一一地献上了由衷的敬意。"

年轻的臧涛以优雅的姿态，完成了自己与热爱的世界从容的告别。

面对她那"生如夏花般绚丽，死如秋叶般静美"的短暂人生，相信许多人都会赞同这样的认识——她与那位登山者一样，自己的灵魂都站在了高处，他们心怀敬畏的仰望，不仅是一种对生命的敬重，还是一种对生命的智慧选择。

只有知晓了人生中还有许许多多的高峰，它们就矗立在那里，但不是要让我们奋力去征服的，而是要我们心怀敬意地仰望的，我们才能从容不迫地取舍，才能如云卷云舒般自然地进退，才能品味到生命真正的要义。

转身之美

　　他家住山东泰安，在北京读大学期间，结交了一位澳洲友人，两人热情相约有朝一日一同游览泰山。但直到十年后，他们才找到实现心愿的机会。彼时，两人都已过了而立之年。更令他意想不到的是，友人患了医生也束手无策的绝症，已生命无多。

　　两人第一次相伴登泰山，或许也将是今生最后一次了。他祈祷上苍能特别眷顾他们，赐予他们好天气，让他们一睹泰山日出的壮美景象。

　　偏偏天公不作美，他们刚来到泰山脚下，空中便飘起了雨丝，很快就变成了淅淅沥沥的小雨。他本来就有一点儿忧戚，面对阴沉沉不知何时回放晴的天空，心情更阴郁了。友人情绪却丝毫未受影响，笑呵呵地说："我们也来一回雨中登泰山吧，我读过李健吾的《雨中登泰山》，相信那种感觉也一定是很美的。"

　　"好吧，等雨小一点儿，我们就出发。"他钦佩友人随遇而安的淡定。

　　等了两天，恼人的雨终于小了，他们沿着湿漉漉的山道，开始了渴望已久的攀登。

许是阴雨连绵的缘故，登山的游人明显地少了许多，这并未妨碍他们的兴致。两人边说说笑笑，边欣赏着沿途的风景。不知不觉，就登上紧十八盘。两人停下来歇息了一会儿，正准备继续向顶峰冲刺。雨忽然大了起来，只得在附近找一个住处，暂住一宿。

谁知听了半夜的泰山秋雨，到了第二天，雨虽小了一些，却仍未见停歇的迹象。他有些失望地抱怨着，友人却笑着说："我们下山吧，这秋雨陪了我们一路，我们就乘兴而来乘兴而去，不亦乐乎？"

"就这么转身回去？"望一眼云雾缭绕的顶峰，他有些不甘。

"即使登上顶峰，估计也看不到日出。即便是能见到日出，那又如何？该转身时就转身，就像这人生，无须太偏执。"不知友人几时添了一份魏晋风度。

未曾如愿登顶，也有满怀的欣然，而无一丝的遗憾。异国朋友为他形象地诠释了"善于转身"的人生奥妙。

若不转身又会如何？

他是一位留美博士，从小学到大学，从国内到国外，学业一直名列前茅。归国后，进入一所著名的大学，依然勤奋异常，简直就像"拼命三郎"，整日忙碌着课题的申请、研究、答辩、验收，他有开不完的学术会议，赶不完的各类学术论文约稿，还有本科生、研究生的课程，还有总也做不完的试验……忙碌、忙碌，还是忙碌，他的每一天都是忙忙碌碌的，加班加点到深夜，那是常有的事。他甚至忙到连吃饭有时都成了一种负担，宿舍里堆满了方便面，他经常简单对付了事。

是的，他的学术成绩斐然，三十四岁便成为学院最年轻的教授，各种荣誉证书攒了一堆。然而，在父母眼里，他是一个十足的工作狂，连着几个春节都不回家，甚至连谈恋爱也挤不出时间。在朋友们看来，他志存高远，令人敬佩，但他的生活未免太单调，近乎枯燥了。

那天，他突然晕倒在实验室里。诊断结果冰冷得令人惊愕——他得了肝癌，是晚期，癌细胞已扩散。

其实，早在三年前，他便有过身体不适的症状，只是他根本没在意，甚至连学校组织的每年例行的体检，他一次也没参加，他不肯抽时间关照一下身体。

医生惋惜地说："若是早一点儿发现，还有许多救治的机会和途径，但如今……"

病入膏肓，眼看着白发人要送黑发人。他追悔莫及，原以为早日事业有成，是人生最重要的，却不知不觉中失去了许多更重要的东西，比如亲情、爱情、休闲、娱乐……

此时，他才恍然发觉，人生不能一味地匆匆向前，应该学会适时地转身，因为周围有那么多美丽的风景，值得自己去细细地欣赏。

临终前，他遗言："假如有来生，我一定好好地谈一次恋爱，一定多陪陪父母，多一些业余爱好，多去看看外面的风景……"

人生有执着之美，有拼搏之美，亦有转身之美，我更欣赏转身之美。转身，目光可以流连周边摇曳多姿的风光，心绪可以悠然如云，绷紧的神经可以松弛一下，跋涉的身躯也小憩一番。生活的芬芳，生命的繁博，都在转身之际，倏然活灵活现地呈于眼前，触手可及。

转身，才有九曲十八弯的壮美，才有曲径通幽的曼妙。行走于爱情路上，懂得适时地转身，无疑是一种非常智慧的选择。金岳霖先生那毅然的转身，留下的是传世的爱情佳话；张爱玲那决绝的转身，斩断的则是一段已然枯萎的情缘。

无论是悠然地转身下山，还是停步转身四望，每一次自然的转身，舒展的，或许正是生命的从容、洒脱、繁复……收获的，或许正是人生的轻松、惬意、飘逸、灵动……转身之间的种种美好，常常让许多漂亮的词汇黯然失色。

别为打碎的瓦罐哭泣

在那个阴雨绵绵的早晨，我正为大学毕业后连续数月东奔西跑地的求职，却没有找到一个接收单位而沮丧万分，一个人沿着乡间小路踽踽而行。

不知不觉已站在了离村子挺远的一座土窑前，猛抬头，那位近年才开始学习烧制瓦罐器皿的老人的举止，将我的目光惊住了：只见他大步走到土窑前，眉头皱也没皱一下，便抡起一根铁棍，咣咣咣，将一大溜刚刚出窑的形状各异的、大大小小瓦罐全打碎了。

我不解地走上前去，问老人为何将它们全都打碎？

老人不紧不慢地说："火候没掌握好，都有一点儿小毛病。"

我惋惜道："可是你已经花费了许许多多的心血啊！"

老人长吁了一口气道："那不假，可我相信下一炉会烧得更好些。"老人坚定的口气里，透着十二分的自信。

看到老人又坐在霏霏的雨丝中，再次从头开始，认真地、一点一点地做着泥坯。他那坚决推倒重来、成功在握的从容自若，深深地打动了我：即使所有的瓦罐都打碎了也没关系，只要心头执着的信心不被打碎，他就不愁做不出更加满意的瓦罐。

默默地，我朝老人深鞠一躬，转身跑回家中，拿了简单的行囊，毅然地加入到南下的打工队伍中，在一次次焦灼的等待后，在一次次失望的重击后，我终于谋到了一份很艰辛的工作——在一个建筑工地当小工。

披星戴月，风餐露宿，超负荷的劳动强度，我都咬着牙硬挺着，因为我知道自己不会总是干这样的活儿，我肯定能找到一份更理想的工作，虽说我正付出连自己都惊讶的勤奋，可我分明看到了那明媚的前景，正一步步地朝我走来。

数年后，我拥有了自己的一家不小的公司。一天，坐在明亮的办公室里，面对一位前来应聘而未如意的大学生，我又满怀深情地给他讲起了当年那个令我终生难忘的情景，讲起了我的经历。片刻的沉默后，那位大学生的眼里闪过一道亮光，冲我道声谢谢，昂着头走了出去。不用问，他一定懂得了下一步该怎么做，才能早日拥抱成功。

是的，在我们的生活中，总会遇到种种失败，特别是接连不断的失败涌来，一时间，会让人感到似乎所有的道路都堵塞了，似乎自己根本找不到出路了。然而，往往也就是此时，最能考验一个人的意志了，谁能咬紧牙关，告诉自己：我还有一样最宝贵的东西——不肯折弯的信心，并且紧紧地握住它，谁就会在艰难中平添一股勇气，一股无所畏惧的力量，就会觉得脚还踏在土地上，血还是热的，路还没有完全断绝，闯下去，拼搏下去，用那不肯投降的双手打出的，一定是一方令自己都无比惊讶的新天地。

将认真坚持到底

　　那年，中专毕业的她，连着跑了好几个月的人才市场，才在一家经营得不太景气的公司里，找到一份薪水很低的工作。她很珍惜那份来之不易的其实很辛苦的统计工作，自觉地把自己当成了公司的主人，常常主动加班加点，不计报酬地认真地整理着那一串串枯燥的数字，尽管从她进公司那天起，便有不少人已开始陆续地跳槽或准备跳槽了，有好心的人也曾劝她趁着年轻赶紧物色更好的去处，可她没有心动，仍对公司的未来充满希望，津津有味地忙碌着自己的那份工作。

　　一年后，在激烈的市场竞争中，那家公司还是破产了。那天，坚持到最后的几位员工，拿着公司最后一次付给的薪水，怀着复杂的心情四下散开了。黄昏时分，在商海中几经沉浮的总经理带着一抹难以释怀的悲伤，黯然地来到公司，他想再看一眼下周就将易主的办公室，然后永远离开这座让他伤心的城市。

　　走到三楼，总经理忽然发现营销部的门虚掩着，他不禁惊异地走了过去。此时，她正握着计算器，全神贯注地埋头于一大堆数据当中，直到他咳嗽了一声，她才抬起头来，认真地告诉在她面前站了好一会儿的总经理："您让我做的营销统计表马上就要做完了。"

他苦涩地挥挥手："你不用做了，那已经没有用了，我现在已经不是总经理了，你也可以走了。"

"等我把它做完了，再走吧。"她的手仍没有停下来。

"别认真了，赶紧去找一份更好的工作吧。"他感觉她跟自己年轻时一样忠厚老实，自己今天商场的失意可能也与此性格有关。

"可这是您交给我的任务，我已经拿了这个月的薪水，理应把它做完。"她孩子似的较真道。

"好多人领了报酬没干完工作或干得一塌糊涂就离开了，我都没去计较，自然不会在意一直表现得很优秀的你了。"

"可是，我要将认真坚持到底。"她秀气的眸子里流露着坚定。

"谢谢你的认真，我这次是输惨了，已不敢再奢望东山再起了，请你将这份认真用到别的地方吧，相信今后无论到哪里，你都会成为一名优秀的员工的。"此时，他特别希望她能找到一份好的工作。

"可我希望在不久的今后，还来给您打工，我相信您不会倒下的，只要您肯坐下来认真地总结经验教训。"她不容置疑地望着他。

"那么，我真的不该辜负你的这份认真和这份信任了。"迎着她满脸的郑重，他的目光掠过她递过来的那张抄写得工工整整的统计表，心中突然涌起强烈的渴望——从头再来。

数年后，经过一番番艰苦的打拼，他再度崛起，成为那座城市里响当当的民营企业家，而她也成了一家大公司的老板。在那次"十佳企业家"颁奖晚会上，面对记者们纷纷伸过来的话筒，她和他不约而同地道出成功的两字秘诀——认真。

一年一度的高校毕业生分配前夕，当他应邀走上我供职的大学讲台，再次向同学们深情地讲起自己亲历的那个令人回味不已的小故事后，我看到年轻的学子们在报以热烈的掌声之后，更多的是陷入了深深的思索。我相信，他们的思绪一定会沿着这个小故事伸展开来，一定会领悟到许多受用一生的宝贵的启示。

要把事业与人生经营成功，需要足够的智慧，更需要一样不可或缺的东西，就是认真。因为一份认真，许多的平凡的工作陡然变得神圣起来；因为一份认真，会让浮躁的心田沐浴在沉静的风中，把眼前的事情踏踏实实地做好；因为一份认真，一些所谓的坎坷和挫折，都会化作成功路上的一些坚韧的磨砺；因为一份认真，许多似已关闭的大门会訇然打开，许多奇迹会悄然走来。

"将认真坚持到底，就是将热情和自信坚持到底，自然就是在一步步地走向成功。"今天，再次聆听到荧屏上的她——北方著名的红豆制衣公司总裁丁少颖意味深长的讲演时，我不禁激动地为这位没有读过大学的好友击掌赞叹，不仅仅为她今日辉煌的成功，更为她成功背后的那份特别的认真。

悠然下山去

他出身寒微，高中未读完便辍学，加入了南下打工的队伍，从流汗流泪的苦力做起，一步步积累资本和经验，经过二十年的艰辛打拼，他终于成为一家上市公司的老总，身家早已过数十亿元。

作为行业领袖的他，一直在为企业的发展前景殚精竭虑，他没白没黑地忙忙碌碌，常常是这边刚刚下了班机，那边司机已在等待送他去机场，他曾戏言自己的午餐和午休，大多是海拔万米以上的高空完成的。

当那位资深的财经记者问他何以那样忙碌，竟然连着三个春节都不能与家人们团聚。他苦笑着回答："其实，我也不想那么辛苦，可是没办法，我要带领着企业攀上高峰，就要比别人多付出许多啊。"

"那么你是否很有成就感？"记者望着一脸倦怠的他。

"起初，我很有成就感，但随着时光流逝，一个成功连着一个成功，只感觉在一步步向顶峰攀登，已淡漠了成就感，就像财富累积到一定程度，只是一堆数字而已。"他眼睛里只剩下远方的目标了，已没有心情去品味成功了。

"你的生活未免太单调乏味了？"记者直言不讳。

"是的，我也明显地感觉到了，但一时又难以改变。"他坦言自己已患上了中度的焦虑症和抑郁症，有时甚至需要借助药物来缓解。

"那你可真的需要好好地调整一下了，不仅仅是调整心态。"记者善意地提醒他。

"等忙过这段时间，我会找一个清静的地方，好好地歇息一下。"他这样说过好多次了，似乎要忙的事情总是那么多，总是难以有暇休憩。

直到那个夏天，他实在撑不住了，累倒在病榻上，医生给出的毋庸置疑的诊断，才让他惊愕地发现：这些年来，他大量地透支身体，已造成了相当严重的后果。

出院后，应一位友人的约请，他终于抽出时间，来到长白山上一个很小的避暑山庄。

友人原来做公务员，马上要提升了，他却出人意料地辞职创办了一个物流公司，赚了一百万多块钱后，他又在人们的惊诧中，将正红火的公司转让给了别人，背着简单的行囊，去实现少年时的一个愿望——去领略祖国大好河山，让无限风光汇聚到心中。最近这两年，他又突然迷恋上了写作，已经出版了两部长篇小说。

那天早上，他和友人沿着一条盘山公路，向那座莲花峰缓缓走去。

一路上，友人兴致勃勃地向他介绍路边一些花花草草的名字和习性，似乎它们都是友人熟悉的老朋友，而他竟然大多陌生无知，除了年轻时认识的那几种。

他不解地问友人为什么总是不断地转换生活道路，友人说自己在品味丰富的人生。

"可是，你完全选定一条道路走得更远啊。"他知晓友人的聪慧和勤奋。

"为什么非要在一条路上走更远呢？生活中有那么多的路，为何不多选择几条走走呢？"友人一脸的从容。

"多走几条道路？不就难以到达顶峰了吗？"他还是有些困惑。

"为何非要到达顶峰呢？一条路上有一条路上的风景，多选择一条路走，就会都多一些新奇，就会避免行走的单调乏味。"友人顺手一指，告诉他那条幽深的小径也能通往莲花峰，只是杂草丛生，比较难走，问他是否愿意尝试一下。

他饶有兴致地跟着友人踏上了那条弯弯曲曲的小径。在一个山窝里，他惊喜地发现了一大片开得正艳的野玫瑰花，一簇一簇的，旁若无人地绽放着美丽，心中响起了那个叫"震撼"的词汇。

再往前走，顺着友人的指点，他又遇见了藏在草丛中的鲜艳欲滴的草莓，孩子似的扑过去，采一颗又一颗，放到嘴里，甜汁溢在唇齿间，美妙得令人心醉。

阳光更热烈了，汗水已浸湿了薄衫。友人引领他转了一个弯，来到一株据说生长了三百年的古槐树下。

望着古槐树嶙峋的躯干和遒劲的枝条，他不禁连连感慨岁月沧桑。

他也学着友人，躺在草地上，嗅着泥土里散发的草香和花香，看着那一对蝴蝶悠然地舞蹈和驻足，仿佛快乐的童年时光又重新走回。

休息好了，友人突然提议，今天不去莲花峰了，而要带他去看一个鲜为人知的岩洞。他说计划好要去莲花峰的，都走了这么久了，怎么能放弃呢？

友人笑了："莲花峰是要去的，可是还有很多好景致呢，多走几条路，才能看得到啊。"

他点头，真的如友人所言，他见到了一处很特别的岩洞，见识到了真正的水滴石穿。

下山的路，竟与来时完全不同，他不由得惊讶友人对这座山的熟悉。友人却淡然地告诉他，自己只是喜欢走不同的路，喜欢在每一条路上，都能收获一份独特的欣喜。

接下来的日子里，他与友人在山上走了好多条路，看了很多的美景，身心清爽了许多，也感悟颇多。

回到省城后，他果断地安排好公司的接班人，辞去了公司的所有要职；然后，捐资成立了一个慈善基金会，聘请了专人管理。他一身轻松地去拜师学习绘画，那是他搁置了许久的爱好；他还加入了一个"书友会"，经常和一群爱读书的人小聚，交流读书的体会；周末，他还会陪着妻子逛逛超市，亲自下厨做两样可口的小菜。

原来，一路登攀直达顶峰是一种人生，不时地换一条路走走也是一种不错的人生。在生命的旅途中，本来就有很多的路可以走，也应该去走，该转弯的时候，不妨转一个弯，该悠然下山去时，不妨从容地转身，这样，才会领略到生命中不可或缺的许多美景，才会品味到许多人生的真谛。

自己先搭一个舞台

只因大三那年偶然的一次"触电"，他心头便燃起了进入演艺圈的热望。尽管那一次，他只不过做了没有一句台词的群众演员。

大学毕业，他毅然放弃了那份相当不错的工作，忍痛与女友分手，从杭州跑到北京，成了一个典型的"京漂"，幻想从默默无名的群众演员做起，一路晋升到配角，再到主要角色，或许某一天遇到一位伯乐，他还能有幸成为一个主角，甚至一鸣惊人。他知道很多演员就是从"跑龙套"开始，一步步成为巨星的故事，譬如"功夫巨星"成龙。当然，这是他藏在心底的秘密。为此，他将期待和找寻过程里的种种艰辛，都当成了人生中不可回避的磨炼。

只是命运似乎对他很不垂青，在京城漂泊了三年多，他只是在一些剧组中扮演过一些几乎可以忽略不计的小角色，也偶尔担任过跑跑颠颠的剧务。自然地，他微薄的收入，根本无法维系他最低水准的生存，他只能四处兼职，一边打各种零工，一边仍幻想着有人能为自己提供一个表演的舞台。

那个炎炎的夏日，他一脸憔悴地从闷热的地下室走出，尚无着落的廉价房租，像头顶的烈日一样炙烤着他，他茫然地望着繁华而喧嚣的城市，感觉自己特别像墙角那株被人遗忘的小草。他已经整整两个月没有混进某一个剧组了，哪怕是充当一个一闪而过的群众演员的机会，也没人给他提供。

在他将兜里仅有的十元钱，交给拉面馆的老板后，他只得不好意思地向一位送外卖的老乡求援。老乡借钱给他的同时，也扔给他一句很实在的话："转个身，换一条路走走，与其苦苦地期盼登上别人搭好的舞台，不如自己努力，先为自己搭一个施展才华的舞台，再从这个舞台出发，登上更多的舞台。"

老乡的话，闪电般地点醒了正执迷不悟的他：是啊，自己如此虔诚地渴望登上别人搭建的舞台，付出了那么多的辛苦，收获却这般惨不忍睹。只因为自己将成功的机遇，都寄托在他人身上了。

恍然大悟后，他几经踌躇，加盟了一家速递公司，没多久，自己便成立了一个快递公司，没想到，公司的运营竟出奇地顺畅，短短两年间，他便在北京市中心买了房子，买了好车，还拥有了一份令人羡慕的幸福婚姻。

那日，他遇见了一个像他当年一样梦想着闯入演艺界的年轻人，见其眼神里流露的焦灼和迷茫，刹那间，他的心不禁一颤：人生的舞台，无非有两种，其一是别人为自己提供的，其一是自己搭建的，而后者，不仅更容易让自己梦想成真，还往往会成为一个非常重要的桥梁，令自己有更多的机会登上那些渴望的舞台。

由是他继续拓展自己公司的经营范畴，把生意做得风生水起。再后来，他看好了一个剧本，参与投资了一部都市情景剧，并在剧中扮演了一个非常重要的角色，酣畅淋漓地表演了一回，竟赢得了大片的赞许，此后片约不断，他要认真筛选后，才肯签约自己喜欢的角色……

事情就这么简单：一味地期待别人为自己提供一个看似捷径的舞台，往往付出大量的心血后，所得到的还常常是灼痛心灵的失望，而首先给自己搭一个表演的舞台，将自己的才能充分地施展出来，获得与人沟通和交往的资本，就有可能引起他人的关注，并由此登上别人搭建的那些舞台，获得更多表演的机会，获得更大的成功。

回首来路，他深深感激老乡当年的点拨——有时，只需那样轻轻地转一个小弯，人生之路便陡然清晰许多，并且变得开阔起来。

转弯的蕨菜

　　大学毕业那年，他在京城的人才市场中转悠了大半年，也没有找到一份理想的工作。他学的是编辑出版专业，一心想着能够进入出版社或者报刊编辑部，他向很多自认为专业对口的单位递交了求职简历，结果却一再收获失望，只有一家文化公司的老总主动给他打了电话说："我们公司暂时不缺少编辑人员，如果你愿意，可以到我们公司做一名营销人员。或许以后可以给你提供一个满意的岗位。"他立刻就回绝了："我一个正规院校的本科毕业生，怎么会心甘情愿地像某些职业学校毕业生那样，去做一个四处奔波的、没有一定收入保障的营销员呢？"

　　在那个苦闷的夏日，他带着一肚子的苦恼，回到了林区的老家。母亲在听过他那颇不顺利的求职经历后，淡淡地说了一句："或许是你的眼睛，太过于关注那个明晃晃的目标了，从没有想过要走走弯路。"

　　"走走弯路？"他有些不解地望着母亲。

　　母亲没有马上给他答案，而是换了一个话题："明天我带你上山采黄花菜吧。"

"为什么要采黄花菜呢？现在村里的人们都在忙着采蕨菜，据说蕨菜的营养价值比黄花菜高多了。"他被母亲的提议搞糊涂了。

　　"到了山上，你就知道为什么让你采黄花菜了。"母亲给了他一留了一个悬念。

　　在路上，他遇到很多提筐背篓的人，他们都说去采蕨菜。他便暗暗地告诉自己：进到山里，也只采蕨菜。

　　可是他在山中转悠了大半天，也仅仅只采到一小把的蕨菜。再看母亲的筐里已经装满了黄花菜，太阳偏西了，他的肚子饿得咕咕直响，他只得听了母亲的话，在又遇到一大片黄花菜时，一通忙活儿，也采了一大筐黄花菜。

　　母亲说："这些黄花菜，我们一时吃不了，明后天又多云有雨，也不好晾晒，直接拿到集市上卖掉吧。"

　　于是他跟着母亲来到山下的一个集市上。很快，两大筐黄花菜便卖掉了。转身要往家里走时，他猛然看到不远处两个小摊上，卖的正是新鲜的蕨菜。上前一问价格，居然不算贵，只比黄花菜价格高几毛钱。于是，他和母亲欣然买了几斤，又买了一块新鲜的猪肉。

　　回家的路上，母亲问他："现在你知道我为什么让你去采黄花菜了吧？"

　　"因为采的人少，还能卖钱。"他脱口而出。

　　"不单单是因为这个，还因为采黄花菜，能得到你想要的东西。你看，我们今天晚上就可以吃到蕨菜炒肉了。"

　　"真是的，我们不去采蕨菜，不仅吃到了蕨菜，还吃到了猪肉，还赚到了一些零钱。"他不禁佩服起母亲的聪明。

　　"现在有些年轻人啊，做事情喜欢跟风，喜欢直奔目标。其实，当许多人都在争抢某一个东西时，不是每一个人都能顺利得到。这时候，不妨暂时放弃一下，不妨绕个圈子，走一点儿必要的弯路，结果，还可以得到自己想要的东西。"母亲语气平静地点拨他。

他恍然明白了自己求职的路上犯了一个怎样的错误，心中的郁闷也一扫而空。于是他愉快地应聘一家文化公司的营销员岗位，营销过程中，他发现了书市中隐藏的商机，大胆地提出并实施了一系列图书策划方案，为公司赢得很大的市场份额，他也掘到了职场中的"第一桶金"。

如今，他已是一家国有大型出版集团编辑中心的副主任，在做着自己最喜欢的编辑出版工作。每当有人夸赞他年轻有为时，他便由衷地感激母亲，是母亲让他懂得了——当自己不能马上得到自己渴望的蕨菜时，不妨先转一个弯，先绕一个圈，就会收获欣喜。

有一句话说得好："不是路已走到了尽头，而是在提醒自己，该转弯了。在现实生活中，每个人都会面临很多需要转弯的选择。有时，只需要转一个弯，就会发现新的道路，就会"柳暗花明又一村"，见到更加明媚的风景。

没错，善于转弯，就是善于变通，善于调整，就会进入到一个更开阔的天地中，会遇见更多的机会，自然也就会收获更多的惊喜。

第六辑　没有深夜痛哭过的人，说不出人生的真滋味

　　痛苦的隔壁住着快乐，品尝过苦涩，才能尽享甜蜜。即使你生来就没有翅膀，但你只要拥有飞翔的梦想，你就会拥抱飞翔的力量，就会创造连自己都惊讶的奇迹。

奇迹无处不在

　　1823年，在英国南部城市威尔士的一个小城镇，一户穷困潦倒的农家，一个瘦小的女婴呱呱坠地。她似乎有些不合时宜的降临，在愁眉不展的父母看来，只是让本已穷困的家中又多了一张吃饭的嘴。更让父母苦恼的是女孩两岁那年，左脸上突然生出一颗指甲大的黑痣，让她那张本来就不大好看的脸，变得更丑陋了。

　　来自亲人和周围人们更多歧视的目光，让从小自卑感很重的女孩变得更加抑郁了，她常常久久地望着远方发呆。父母更加不喜欢她了，只让她念了四年书，便让她去一加农场做工。女孩默默地听从了父母的安排，每天除了拼命地干活，一有空闲，她就躲到一个角落里，痴迷地读着能够找到的各种书，似乎只有沉浸书籍的海洋中，她才可以忘却生活中那无尽的烦恼。如果不是因为那突如其来的预言，她十有八九会像许多贫苦农家孩子一样，默默无闻地走过凄苦的一生。

　　女孩命运的改变是在她十三岁那年的春天。一位牛津大学的当时赫赫有名的哲学家，偶然地在那家农场的草垛旁，看到了正在全神贯注地读书的女孩，他不容置疑地对身旁的人说："哎呀，这个小女孩双目有神，心智非凡，将来肯定是这个小镇上最有出息的人，她脸上的那颗黑痣，其实是一颗幸运星。"

"真的是那样的吗？"哲学家的预言像一块巨石，砸在了女孩的父母和众人平静的心海里，他们不约而同地打量起平时谁都不愿意多瞧几眼的女孩。

许多事情就从那时突然变得奇怪起来——丑丑的女孩虽然没有一下子美丽多少，但却可爱许多，众人纷纷搜寻了许多的旁证，来附和哲学家的判断，以证明女孩的确与众不同。众口一致的赞赏的评语，深深地鼓舞了女孩的父母，他们像拣到了金子一样兴奋起来，女孩脸上那个讨厌的去不掉的黑痣，在父母的眼里也陡然成了一种智慧的象征。接下来，一连串的幸运降临到女孩的头上——本镇最好的学校主动免费邀请她入学，一位大农场主主动登门认她为干女儿，为她提供了最好的学习条件，并帮助她一家人走出了贫困的阴影。

"女儿是神童"的说法还在不断地向四外传播，女孩陷入了众人羡慕和激励的包围中，一天天地自信、开朗起来，笑容亦如阳光般灿烂起来，她的学习成绩一年比一年优异，还成了校园里活跃分子，她的组织能力在同学中间出类拔萃。女孩脸上的那颗黑痣又扩大了一点儿，但这并没有妨碍许多英俊的男士频频向她示爱，她真的由丑小鸭变成了美丽的白天鹅。

后来，女孩取得了剑桥大学的博士学位，成了著名的爱丁堡大学当时最年轻的女教授和一名很有影响力的社会活动家，再后来，她还做了伦敦市的市长助理。

随着时光的流逝，几乎已没有人记得女孩卑微的出身和她凄惨的童年，人们把更多的敬慕和赞赏投给了一步步迈向更大成功的女孩。

女孩三十五岁那年突然病逝，许多人不禁扼腕痛惜，因为她即将被提名为皇家科学院院士。后来，一位医生道出了女孩死亡的原因——是女孩脸上的那颗黑痣发生了癌变，癌细胞侵入了脑组织里。但此时，已经没有人在意这一点了，人们到处传颂的是女孩脸上的那颗黑痣，乃是上帝赐予的象征智慧和才干的幸运星，人人都在羡慕女孩，都在渴望自己也拥有一颗那样神奇的黑痣。

　　灯下，阅读那位名叫圣安·玛丽娅的女子近乎传奇的人生故事，我不禁喟然——本来只是一颗不幸的黑痣，竟然因为或许仅仅是不经意的一语预言，转瞬间便被附着了一股神奇的魔力，人间的不幸，也成了向上登攀的台阶，并由此让卑微的小女孩有了辉煌的一生走向。与其说是命运无常，不如说是奇迹无处不在，平凡如我辈的每个人，其实都拥有一脉储量极其丰富的矿藏，最关键的是要不断地去挖掘，靠自己，也靠别人。

疼痛过后，他们选择相爱

2002 年，艾弗森大学毕业应征入伍，第二年便参加了美国在伊拉克的战争。在进入伊拉克之前，他对这个国家古老的文明历史充满了向往之情。他怎么也没有想到，自己居然端着冲锋枪，带着说不清的疑惑和恐惧，踏进了战火刚刚洗劫过的巴格达市。

尽管萨达姆政权被推翻了，大规模的抵抗已不复存在。但战争的阴云仍久久地不肯散尽，各类的爆炸、袭击、恐怖活动仍时有发生，艾弗森就曾眼睁睁地看着一位战友，在巴格达市中心被汽车炸弹炸得粉身碎骨，而就在十分钟之前，他们还谈笑风生呢，还提到回国后的打算呢。

2004 年春天的一个周末，艾弗森奉命随一支五人小分队在大街上巡逻。忽然，有人引爆了安放在街角的一个垃圾箱旁的炸弹，好几位平民被炸倒。在匆忙赶往出事地点时，艾弗森不慎崴了左脚，落在了后面。他并没有意识到，巨大的危险正向他涌来——那位激进的年轻人，从一个水果摊后面，轻轻地一扬手，一把锋利的水果刀，呼啸着朝他后背刺去。

听到响声，他机警地一闪身，水果刀擦肩而过，扎到路旁一棵大树上。他端枪朝前搜寻过去。就在他快到水果摊前时，一枚自制的手榴弹，甩到了他的脚下，他迅速地上前一脚踢飞冒烟的手榴弹，随着一声爆炸，那个血肉模糊的袭击者，直挺挺地躺在了地上。

　　他慢慢地走到近前，看到那个袭击者的手里，还握着一个被鲜血染红的信封，未合上的双眼仍望着天空，显然对这世界还有着难舍的依恋。

　　他小心翼翼地拿过那个信封，从里面抽出一张照片和一封信。他不认识上面的阿拉伯文字，但从照片上那个美丽的女子深情的眸子里，他猜测她一定是死者最亲近的人。

　　很快，艾弗森的猜测得到了证实，那封信是那位袭击者未婚妻米吉写来的，他们的婚礼定在了下个月。

　　一段美好的姻缘戛然而止。都是可恶的战争，才这样……好长一段时间里，艾弗森的脑海里始终晃动着米吉那甜甜的笑靥，还有她躺在血泊中的未婚夫那带着稚气的脸。是不经意间的一次遭遇，他夺走了他们本该拥有的幸福，他竟有了无法解脱的负罪感。

　　如果那天他不落在后面，如果他没有遭到袭击，如果那枚手榴弹不被踢回去……那么，悲剧就不会发生。他懊恼而遗憾地做着一个个假设，仿佛自己犯下了不可饶恕的罪过。

　　两年后，他回国，退役，拥有了一份很不错的工作。

　　奇怪的是，那张沾满血污的脸和那女子灿烂的笑容，常常会浮现在他的眼前，如此强烈地告诉他：那件事非但没有被流淌的时光冲淡，反而在记忆深处变得更加清晰。

　　几经踌躇，他终于做出一个连自己也感觉有些不可思议的决定：重返伊拉克，去找寻照片上那个美丽的女子。

　　他辞掉了薪酬优厚的工作，来到曾经战斗过的巴格达，一边在朋友的公司打工，一边悄悄地找寻那个叫米吉的姑娘。一年多的时间过去了，他还是没有见到那个明眸善睐的美丽女子，仿佛她也从巴格达彻底消失了。

朋友不解地问他："即使找到了，你又能怎么样？是想告诉她自己就是夺去她未婚夫生命的人吗？若是那样，还不如不见她呢。"

艾弗森默默无语，因为他也不知道，自己真的见到米吉时该说些什么，又能说些什么。然而，他仍热切地期望见到她，即便她将他看作十恶不赦的坏蛋，他也不会争辩一句的。

那天，他正在平静的巴格达市郊漫步。忽然，他听到有人喊米吉的名字，他赶紧回头，失望却再次涌来——眼前这位步履蹒跚的老妇，也叫米吉。

一晃，他又在巴格达生活了五年，他结识了许多伊拉克的朋友，他请他们帮助寻找米吉。

2010 年，一位在纳杰夫工作的朋友告诉他，米吉去了那座城市。

当他风尘仆仆地赶到纳杰夫，站在米吉面前时，他惊讶地发现：昔日美丽的米吉，脸上已满是沧桑。

米吉平静地告诉他，她早已知道未婚夫遇难的经过，她曾试图阻拦过他当初的冲动。

"可是他还是失去了宝贵的生命。也许，我不该作为一名参战士兵来到这里。"艾弗森愧疚地回忆了六年前那令人痛心的一幕。

"不该发生的战争，伤害的不只是伊拉克人，还有美国人，每一个在战争中死伤者，留给其家庭的，都是难以形容的伤痛。"米吉清瘦的面容，在夕阳中显得楚楚可怜。

"你说得对，虽然我从没想过参加这场战争，但我这一生也摆脱不了战争的梦魇了。"艾弗森了解到米吉的父母，都是在美军最初对巴格达的轰炸中丧生的。

"可以铭记，但不要仇恨。"米吉泪眼婆娑。

"我多么想为你做一点什么，来弥补内心的愧疚。"艾弗森真诚地握住米吉的手。

"我不会怪罪你，如果我的未婚夫杀死了你，你的亲人同样也会十分痛苦的。"

"我知道，所以我必须到这里来，不单单是向你请罪，还想……"艾弗森抬起头来，眼睛里盈满了热切的渴望。

米吉望着他，一颗柔柔的心被感动了。

两个月后，一个鲜花店在巴格达市中心的一条街上开张了。卖花的正是米吉，负责进花、运花、送花的，则是艾弗森。往昔的仇恨和悲伤，已悄然退去。两个人的眼睛里，都充满了爱的光泽，在他们心心相印中，生活多了幸福的斑斓色彩……

这是一位前往巴格达采访的记者，向我讲述的一个真实的故事。

听罢，我不禁深有感慨：他们似乎应该成为彼此无法原谅的仇人，然而，刻骨铭心的疼痛过后，他们不约而同地选择了相爱，因为唯有不断涌动的爱，才能冲淡仇恨，才能捧出更多生活芬芳的花朵，才能让这个世界变得更加美好。

疼痛过后，他们毅然地选择相爱。他们向世人展示的，是一种阔大的胸襟，是一种非凡的气度，更是一种纯净的品性。

亲爱的忧伤，你好

　　彼时，她一个人在京城寻梦，千辛万苦，都独自默默承受。她喜欢这座现代化的大都市：高楼林立，车水马龙，光怪陆离，灯红酒绿，挑战和机遇随处都有。尽管四处奔波的那些日子里，她遇到过种种的不如意，但她都挺了过来。五年后，她赢得了梦想的成功，在三环内有了自己的房子，开上了气派的进口车。

　　只是，多年忙忙碌碌的打拼，令她无暇顾及个人的感情问题，不知不觉间，她步入了"大龄剩女"的行列。每每在夜深人静时，站在自家的阳台上，望着窗外闪烁的万家灯火，一缕缕的伤感，便会不邀而至，瞬间就包围了自己。

　　落寞时，她斟一杯红酒，坐在柔和的灯光下，伴着轻柔的钢琴曲，慢慢啜饮。偶尔，她还会点燃一支女士专享的名烟。夹在指间，吸上几口，看着那细细的烟雾，一点点地在眼前升腾、散开，一如那潜滋暗长的淡淡忧伤。

　　是夜，时针指向深夜两点了，她依然睡意全无。

蓦然，她想起那张英俊的脸、略含忧郁的眸子，很俄罗斯，又很绅士。他是她在北京走进第三家公司时认识的，他的电脑技术特棒，许多人看得一头雾水的那些电脑难题，到了他那里，全是小菜一碟，他不费吹灰之力，便可以轻松搞定。那天，她的电脑感染了一种极强的病毒，好几个同事自告奋勇地帮她，结果却无济于事。把他请过来，不到五分钟，便手到毒清，干净利落。

此后，她知道了他是一个孤儿，至今不知道亲生父母是谁。他很小的时候，就喜欢编辑电脑程序，那些在许多人看来枯燥乏味的程序编码，在他的眼里，都那样的生动活泼，就像舞蹈的音符，有着神奇的魔力。

她请他喝咖啡。轻轻搅动银质的杯盏，他目光脉脉地致意……那样氤氲的气氛，似乎最适宜展开浪漫的情节，她陡然心水难平。

他是一个很好的倾听者，默默地听她讲述着大学毕业以来的奋斗之路，讲她的憧憬，她的激情，她的坎坷，她的苦辣酸甜……她自己都感到很奇怪，那么多压抑在心底的话语，怎么会一下子便都向他倾倒出来了，仿佛他已是自己最信赖的知音了。而此前，他们仅仅有过屈指可数的两次交流，他们彼此了解的并不多啊。

在她絮絮地讲述中，他几乎没有插入一句话，只是偶尔地颔首，不时地"哦"一声，似乎她的那些经历有着某种无法抗拒的魅力，已将他深深吸引住了。

而她，滔滔地叙述完毕，蓦然有了一种神清气爽的感觉。原来，聪慧的她那一番推心置腹的倾诉，其实并不需要他的抚慰，也无须他指点迷津，她只需有他这样一个优秀的听众，就足够了。

再后来，她跳槽去了另一家公司，事业开始风生水起。而他，被总部派到哈萨克斯坦。

仿佛两道交错的铁轨，短暂的交汇后，彼此继续各自向前的行程。然而，毕竟彼此有过好感，有过心有灵犀的懂得，但谁都不捅破。像一畦韭菜，不去割，留着，任其油油地绿着。

在这忧伤漫漶的午夜，她忽然想起与他告别时，他的真诚告白——"遇到困难的时候，想着来找我，不管我在哪里，不管什么时间。"

此刻，她突然特别想听到他那春风拂水的声音……他现在何方？是否已经酣眠？是否还记得她这位来自中国江南的女子？

一切的一切，统统地不管了，她急忙调出他的手机号码，居然拨通了，他一下子就叫出了她的名字。语气里满是不加掩饰的兴奋，阳光一样自然。

"这么晚了，你怎么还不休息啊？"一言脱口，她恍然意识到，北京与莫斯科有着五个小时的时差呢，他那边正是夜生活酣畅时分。

"还没到休息时间啊！"他很认真地。

"我想你了……"只那么一句，双颊泛红的她，便不知再说什么了。

"那你就买一张飞机票，来莫斯科吧。"原来，他已回到了莫斯科。

接下来，他给她讲了这几年他不断变化的工作地点：从哈萨克斯坦，到乌克兰，再到莫斯科。讲到自己遇到的那些有意思的人和事，他不时地发出爽朗的笑声。这一回，反过来了，她做了他的乖巧的听众，像在听一段段真实的传奇，渐渐地，她心头那些莫名其妙的忧伤，蛛网一样被轻轻地拂去。

从此，每当无端的忧伤袭来时，她都会情不自禁地拨通他的电话，令她自己都深感惊讶：仅仅听到他的声音，她的心便会立刻神奇的平静下来，仿佛他会施展什么魔法，一下子，就可以让她的烦恼、焦虑、忧愁、落寞……转瞬间就烟消云散。

甚至交了男朋友后，她仍喜欢把自己私密的心事，一一说与他听，尽管他没给她出过多少主意，他偶尔的几句分析，也不准确。可是她仍愿意向他倾诉，也愿意倾听他的讲述。他们是彼此最好的听众，认真、耐心，不随便打断叙述，不妄下结论。

随着如火如荼的爱情持续升温，她的心情也一天天阳光灿烂起来。工作越来越忙了，她却没感觉到多么疲惫，只以为前面的日子一片光明。

说什么也没想到，就在她与男友准备谈婚论嫁时，男友的初恋突然从英国归来，两个人鸳梦重温，将她推进了冰冷的伤心地。

在那个月色融融的秋日午夜，她坐在酒吧里，一杯接一杯地向胃里灌着浓浓的忧伤。

忽然，有人轻拍她的肩头，她猛地一回头，霍然惊住："怎么是你？"

"很奇怪吧？我又回到北京了。"两人手里的杯子轻轻一碰。

没错，正是他。分开五年了，他依然是她记忆里的模样，好像一点儿都没改变。

"真的？这次回北京，就不要走了吧。"她突然想紧紧握住他的手，生怕他从眼前消失。

"好啊！我准备听你的。"他目光里流露的，正是她渴望的似水柔情。

很快，她和他便走进了婚姻的殿堂。

婚后的某一天，她依偎在他胸前，撒娇地问他："当年，你最喜欢我的是哪一点？"

"最喜欢你那淡淡的忧伤，像一首古老的俄罗斯民歌。"他直言不讳。

她惊讶地站起："我第一次见到你，爱上的，也是你那略含忧伤的眼睛。"

"是的，我们有共同的审美观。"他幽默道。

"可爱的忧伤！"她的心弦似被什么突然拨了一下，那么轻柔，又那么美妙。

那天，她在书店看到一本小说《忧伤，你好》，不由得心花绽放，她毫不犹豫地买下，一路心情明媚地喃喃自语：你好，亲爱的忧伤！亲爱的忧伤，你好！

谁知道母亲心里的疼

儿子就要大学毕业了，他想留在省城，却一直没有找到接收单位。春节回家时，母亲看到儿子满脸的忧愁，心里很难受。她花了几天时间，在脑海里把想到的所有亲戚都梳理了一遍，最后只得黯然地摇头，她没能找到一个可以帮儿子实现心愿的亲戚。

看到她忧戚的样子，儿子故作轻松地说了一句："您不要操心了，咱不指望别人帮助了，靠自己努力吧。"

母亲无奈地点点头，仿佛自己犯了大错似的，心里竟有说不出的愧疚。

儿子回到学校不久，打电话告诉母亲——有位同学的舅舅愿意帮助他留在省城的一家大公司，但需要五万块钱疏通、打点各路关系，他能借到的只有不到一万块钱，剩下的需要母亲帮助。

母亲一口应承下来，但一放下话筒，她的心便抽紧了——因为她一个寡母，能辛辛苦苦地把儿子供到大学毕业，就已近乎榨干了她的所有能量。四万多块钱，对于守着几亩薄地过日子的她来说，简直就是一个天文数字。可是她不能推托，因为她是母亲，儿子的幸福是她最关心的事情。

母亲决定先卖掉老屋。老屋不大，盖的年头也久了，她又急于出手，所以只卖了两万块钱。剩下的钱，她只能挨家挨户地去借。尽管心地善良的她人缘不错，但也只借到了一万块钱，还差一万块钱不知到哪里去借。

那天，母亲听说有人在县城医院卖血赚钱，便搭了一辆去县城上货的农用车，直奔县城医院，第一次卖了 600 毫升的血，拿了 500 块钱，便匆匆地去长途汽车站，想赶最末的班车回家。奔忙了大半天，母亲粒米未进，加上被抽了那么多血，走在午后明晃晃的阳光中，母亲一阵阵晕眩，她在街旁一个石凳上稍稍歇息一下，便赶紧起身。

忽然，母亲眼前一黑，便倒地不省人事了。

后来才知道，那天，她恍恍惚惚地走到街道中间，没有听到身后的鸣笛声，被一辆疾驶的小车刮倒在地，摔伤了腰和头。在送往医院的路上，她醒了过来，一股钻心的疼痛从腰部散出。但是，她很快便忘却了疼痛，甚至高兴了起来——那位肇事司机提议给她一万块钱，把撞她的这件事私了了，不再送她医院检查了。她二话没说，就一口答应了。

回到租住的邻居的小破屋，母亲请亲戚打电话告诉儿子，他需要的钱全都凑够了。这时，母亲的腰疼得连炕都上不去了，但她谁也没告诉。忍着剧痛，她啃了一口凉干粮，便按着受伤的腰，坐在门口那个矮凳上。

天渐渐黑下来，她挥手驱赶着围着自己嗡嗡叫的蚊子，想着儿子的工作，她的嘴角竟浮起一抹笑意——儿子是村里考出的第一个大学生，就要成为省城里的人了。

儿子如愿地进了那家大公司，但他不知道母亲的腰伤许久都没有好利索，每到阴雨天都会隐隐地发痛，也不知道为了帮助他筹钱，母亲赔了多少笑脸，说了多少好话，吃了多少苦头。

儿子要结婚了，儿媳是一个漂亮的城市姑娘。订婚照寄回家，母亲兴奋得像喝了蜜一样，把照片拿给村里的乡亲们看，接受乡亲们的赞叹和羡慕，她满脸洋溢的幸福，一下子就扫去了生活中所有的磨难和艰辛。

母亲又开始张罗着要给儿子做结婚的新被子。按农村的习俗，她要给儿子做崭新的四铺四盖。她借了钱，买来新棉花、新被里和新被面，正起乐滋滋地早贪黑地飞针走线时，儿子一个电话打来，让她什么都不用准备了，结婚用的所有东西，他和媳妇都在城里置办。母亲知道儿媳妇家里很有钱，陪送的嫁妆都挺贵重的。可是她还是觉得应该给儿子准备一份结婚的礼物，但她窘迫得实在买不起一件像样的礼物。

那么就在儿子的婚礼庆典上说一些心里话吧，好好感谢一下所有帮助过儿子的好心人。这个念头一生，母亲便开始紧张地准备在儿子婚礼上的讲话内容。她一个人在昏暗的小屋里，望着照片上儿子开心的笑脸，反反复复地推敲着到时候要讲的话。她一再提醒自己，千万不能给儿子丢脸，要恰到好处地夸奖儿子，不能让外人小瞧了儿子。

然而，儿子婚期前三天，儿子在电话中委婉地告诉她，她不要来省城参加他的婚礼了，因为那天岳父家来的亲朋好友太多，她一个婆家的人太孤单、太显眼了。

儿子说的也有道理。她把那件洗得干干净净的唯一的一套像样的衣服收了起来，默默地坐下来，用满是老茧的手，轻轻地摩挲着儿子那神采奕奕的婚纱照，泪水潸然而下。

得知儿子要带着媳妇回来看她，激动得她好几天都没睡好觉。把院子里外都收拾得利利索索，把腌好的咸鸭蛋捞出来煮好了，又泡了儿子喜欢吃的糯米，准备给他做打糕。

可是儿子没有直接回村里来，带着儿媳妇在县城宾馆里住下了，是他的一个县城工作的同学来接的她。见到一身光艳的儿媳妇，她窘迫得有些语无伦次了。儿子对母亲说了一些感激的话，又领着她到县城饭店吃了一些她没听说过的大菜，给她兜里塞了两百块钱，让她自己回去买一点儿好吃的。

第二天，儿子和儿媳便匆匆地回了省城，她带去的那两袋干菜，儿子随手送给了他的同学。

母亲没有跟儿子说自己想去省城看看他的新家，因为儿子和儿媳都没邀请她。回到村里，母亲大病了一场。病好些了，她又继续在家里家外忙碌起来，当初为儿子上学、安排工作借的债，还有很多没还清呢，她不能歇息啊。

每每有乡亲们提起她那有出息的儿子，说她将来有一天会搬到城市里居住时，她都会笑笑，说只要自己还干得动活儿，还是愿意住在村子里，因为习惯了。这样说着，母亲的心里一丝丝莫名的疼，说不出，也不能说。

沉重的十元钱

要是他的生日在寒暑假里，那该有多好啊。

可他的生日偏偏在开学后的第二个星期，这时候每个同学的兜里都揣着不少钱，即使像他这样的贫困户，也有两个月的生活费。

他们寝室早已有了不成文的规定，谁过生日都得请大家到饭店吃一顿，他已逃过两次了，在中专读书的最后一个生日恐怕躲不过去了。因为大家从开学那天起，就在念叨着，就已经开始了倒计时。

那天早上，咬咬牙，他故作潇洒地一挥手，宣布晚上带全寝室的哥们儿去那家酒楼大餐一次，他的兄弟们"乌拉"地叫喊着，像中了大奖似的，全然不顾他心里多么难过。

晚上，八个人围着一桌丰盛的菜肴，举杯畅饮。看着大家痛快地帮他把两个月的生活费轻松地消灭掉，他心里一边暗骂着这些好吃好喝的室友，一边为自己寒酸的家境伤感。

也许是心情抑郁的缘故，没几杯酒下肚，他便开始有些头晕。等大家喝到高潮，有人提议去歌厅唱一会儿歌，他当时恨不得使劲儿踹一脚那个提议者，因为他兜里的钱实在不多了。

可他最后还是跟着大家进了舞厅。等往学校走的时候，他的钱已花得只剩下几块零钱了。

第二天早上，醒过酒来，摸摸干瘪的口袋，他开始有些懊悔自己昨晚不该那样逞能，可钱已花出去了，没法再追回来了，他只能琢磨怎样把眼下的日子熬过去。他不想立刻向同学们借钱，怕大家会因此更瞧不起他。

忽然，他想到父亲刚刚来到他读书的城市打工，也许……他志忑不安地来到那个搬家公司。不巧，父亲出去干活了，等了一个多小时，父亲仍没有回来，他的肚子已经饿了。在马路边，他看到两个啃着干粮焦急地等着被雇去搬家的乡下人，他们竟有点儿羡慕地说他父亲今天找到活儿了，并告诉了他父亲干活的具体地点。

倒了两次车，顶着炎炎烈日，他拖着沉重的脚步，七拐八拐，他终于来到一个新建的住宅小区。

他快步走近那栋楼，看到父亲正背着一台冰箱小心翼翼地一点点地慢慢挪动着上楼，父亲瘦弱的身子好像背负着一座大山，压得他几乎佝偻成了直角。他过去想要帮父亲一把，父亲喊住他，不让他插手，怕他掌握不好平衡，碰坏了人家的冰箱。

从坐在车上的司机口中，他得知父亲和另外两名搬运工，花了整整一上午的时间，从另一个七楼，把两货车大大小小的东西搬了下来，再一趟趟地搬上这一个七楼。平均每个人得上下五十多次，还得保证不碰坏雇主一点儿东西，才能拿到十元钱的报酬……

待父亲从楼上走下来时，他看见他的上衣全都被汗水湿透，头发湿漉漉的，像是刚刚洗过一样散着热气，嘴里呼呼地喘着粗气。

看到已经五十岁出头的父亲，还要干那种许多年轻人都吃不消的繁重的体力活儿，而他……一想到在来时路上，他精心编好的向父亲要钱的堂皇的理由，他感到自己的脸似被猛地抽了一巴掌，火辣辣的。他垂着头，没有回答父亲问他为什么来找他，只说了一句来看看父亲，便转身跑开了。听到父亲在身后喊他，可他不敢回头，他的眼泪已经模糊了双眼。

傍晚，当他心情沉重地回到寝室时，同寝的一位同学交给他一张揉搓得有点儿皱巴的十元钞票，说是他父亲下午送来的，父亲还让那位同学转告他：要吃饱饭，别着急，他明天还有活儿，还能给他挣钱。

攥着那浸着汗水的十元钱，他禁不住放声大哭，同寝室的同学惊诧望着他，不知究竟发生了什么事情。

后来他才知道，在那个劳动力严重过剩的城市里，像父亲这样没什么技艺的农村来的打工者，即使找一份那样出苦力的活儿，也是相当不容易的，那十元钱是父亲来到这个城市挣下的第一笔钱。为了省下五毛钱的公共汽车票，干了一上午重活儿的父亲，硬是走了半个多小时的路才匆忙赶来。父亲猜想他肯定是兜里没钱了，才去找他的。

不久，他找了一份家教，边打工边上学。从那以后，他学习特别刻苦，每学期都拿一等奖学金，生活极节俭，再也没有胡乱花一分钱。

父亲那天亲自送来的那十元钱，他一直没有花，一直放在贴胸口的内衣兜里，因为那是在他成长的岁月中，父亲送给他的一份沉重而珍贵的礼物。每当他看到它，他就仿佛看到了父亲那双关切的眼睛，那里面藏着只有他才能读懂的深邃的内容……

那个跟头摔出来的是精彩

那是大一最后一科考试，他前面各科考得都很好，估计获得一等奖学金没问题了，可偏偏在这个节骨眼儿上，一向心地善良的他，犯了一个最不该犯的、也是最不值得的错误——他不忍冷落了本班那个秀气的小女孩琳琳热切求助的眼神，忘却了辅导员一再强调的考试纪律，悄悄塞给她一个写满答案的纸条，却没瞒过监考老师的眼睛，结果他和琳琳成了学校"严肃考纪"的对象，受到最严厉的处罚——被双双开除学籍。

面对那张大红的布告，他呆若木鸡，整个人仿佛变成了一具空架子，微风拂过，便眼前一黑，一个跟跄摔倒在地。

要知道，能考上这所大学，对他来说太不容易了。他的老家在贫困山区，第一年高考他以两分之差落榜，父亲愁苦了三天三夜，最后咬牙卖了耕牛，又把他送进了补习班，当他用超乎寻常的刻苦，拿到录取通知书后，一家人只有片刻的兴奋，因为那笔数目并不算大的学费，对他那过于窘迫的家庭来说，已是个不小的难题。

说什么也不能因为掏不出学费，让他这全村第一个大学生失学。村

148

里的干部带头为他捐钱，左邻右舍你二十、他三十地凑足了他第一学期的学费。可以说，他是带着全村父老的殷殷期望走进大学的。

而现在，他因一时糊涂，酿成了无法弥补的大错。他悔恨得捶胸顿足，泪雨滂沱。

默默地收拾起简单的行囊，再次依恋地望一眼他热爱的大学，他脚步沉重地在街上游荡着——他好怕回家啊，一想到父母和乡邻们失望而痛苦的目光，他的心便一阵悸动，他实在无颜回去见父母和乡间的亲人。

不知何时，琳琳来到他身旁。这个害了他也害了自己的女孩，这些天来也一直在以泪洗面。事已至此，他也不再对她怨恨了。

"你真的不恨我吗？"记不清这是她第十几次这样问他了。

望着泪眼迷蒙的琳琳，他挤出一丝微笑告诉她："我现在最关心的，是以后该怎样做，跌倒了，我还会爬起来的，希望你也一样。"他竟安慰起她来。

"以后你打算怎么办？"她知道，他几乎再不可能考学了。

"我不想现在把自己被开除的消息告诉家里，先瞒着，暂时留在城里打工，等我打出一片新天地后再说。"他把这个酝酿了两天的想法跟琳琳说了。

"这样最好了。"琳琳赞同他这个无奈中的选择。

于是他继续留在省城，但不再是那个佩带白底红字校徽的大学生了，而是建筑工地上的一个干活特别玩命的力工。

出了校园，他换上了一套从地摊上花十块钱买来的粗布衣裳，搓搓捧了十三年书本的双手，暗暗地告诉自己：从前画个句号吧，从现在开始，只有靠自己了，必须咬紧牙关去闯，争取早日闯出一条路来。

他拼命地干活，拼命地挣钱，一边保证生存，一边在积累着创业的资本，设计着自己人生之路。

那个很挑剔的黑胖的老板，对看上去挺干巴、干起活儿来却很像样的他印象不错，干了三个月，就给他加了两次薪水。当然，他不知道，晚上他一个人怎样心里流着泪，写信告诉乡下辛勤劳作的父母，说他找了一份很难找的挣钱的活儿，假期不能回去帮家里干活儿了，也不用再给他寄生活费了，他打工挣的钱已足够上学用了。

从这以后，他所有与家里联系的信，都是委托班上同学帮助收寄的。他被学校开除的事，对父母和乡邻整整隐瞒了三年，家里实在太穷了，几年间，竟没有一个亲人来学校看望他。

那天，他感冒发烧得很厉害，几个工友劝他歇一天，别挣钱不要命。他说自己没那么娇惯，一点儿小毛病，不碍事。结果，他脑袋发晕，眼前一黑，一个跟头从脚手架上摔了下来。

醒来时，发现胳膊上缠满了纱布，琳琳正坐在床头抹眼泪。他赶紧安慰她："没事儿的，只伤了一点儿皮肉，过两天就好了。"接着问她跟表姐卖服装的生意如何。

她说还不错，每个月都能挣一千多块钱，并告诉他，她托人帮他找了一份没危险的活——去报社做校对。

应该感谢琳琳为他找的这份工作，虽说一天下来累得他头晕眼花，挣得也没有当力工多，但在细细阅读一篇篇文章时，他的写作欲望也被撩拨起来。校对之余，他忍不住拿起笔来，开始偷偷地写起文章来。其实，他的文学基础是不错的，那年高考他的作文都接近满分了。

当他拿着精心修改了好几遍的第一篇散文，请那位副刊编辑指点时，编辑惊讶地赞叹道："小伙子，你的文笔很好，多写点儿。"

闻此赞语，他高兴得差点儿跳起来。出了报社，他买来一大摞子稿纸和信封，又从旧物市场弄来一个很破的但能使用的台灯，晚上回到他和那些建筑工们合租的简陋住处，扔掉饭碗，就一个人躲到角落里，拼命地爬起格子来，常常是一写就写到后半夜，很累也很高兴。

他的勤奋很快有了回报，凝聚着心血的文章接连不断地见诸报端，有的还被报刊转载了。一时间，报社内都知道有一个打工的小伙子"文章写得挺好的"。

业余撰稿不仅增加了他的收入，还对他尽快摆脱离开大学校园的那片阴影、走出一条成功之路，产生了重大影响。当他兴奋地将一份份散发着油墨香的样报样刊，寄给他乡下识字不多的父母时，他的心里有了一种如释重负的感觉。

随着知名度的提高，他收到了很多约稿信，这令他更加勤奋不已。两年后，他从一家当铺搬回来一台廉价的电脑，辞去了报社的校对工作，做起了自由撰稿人。当他怀着崇敬的心情一气呵成的《钢铁是这样炼成的》等纪实作品发表后，捧读来自全国各地的一封封热情赞许的信件，他激动的心情久久不能平静，更加深切地感到自己选择了一条正确的道路。

离开大学校园三年间，他没向家里要一分钱，还给家里寄了几千块钱，并换了一台高档的电脑，租了条件不错的房子，攒下了近千册的图书。

当他的散文集《飘逸的温馨》被出版社选中，即将出版之际，他的大学同窗们也完成了四年的学习生活，开始告别校园。这时，他也找到了一家接收他的工作单位，一同遭遇坎坷的琳琳，此时已是国贸城里一位颇有名气的女老板了。这些年来，他们一直是互相关心、互相鼓励的好朋友，一起憋着劲儿用行动擦去那份刻骨铭心的耻辱。

至此，他隐瞒了三年多的漂泊经历，也到了该结束的时候了。当他风尘仆仆地赶回久违的家乡，满含泪水地站在父母面前，讲述三年来独自一人苦乐相伴的打拼经历时，他的父母流着泪，抱怨他不该那样苦了自己，而他终于可以挺起胸膛自豪地告诉人们——青春岁月中，那个跟头摔出来的是精彩……

无法删掉的手机号码

手机号码簿又满了，我决定将那些几乎一直没拨打过的号码，转移到纸质电话本上，以便腾出空间，补充常用的新号码。

逐一筛选着，一个熟稔的号码令我的心陡然一颤：哦，我敬爱的姜老师，您在那边，还好么？

我不知道，姜老师这个手机号码如今是否有人还在使用，但我再未拨打过。只要一看到这个号码，我的心就立刻飞到了姜老师身边，就能看到她清纯的微笑，听到她清爽的声音……纷纷往事便不邀而至，瞬间便搅得我心海难平。

姜老师是我生命中很特别的一位老师。当年，在那所破烂不堪的乡村中学，在几乎看不到任何升学希望的时候，她天使般的到来，以自己超负荷的努力，托起了我和许多同学的梦想，让我考上了重点高中，并让我由此更加努力，考上大学，有了精彩的人生走向……

只是多年在外打拼的我，一度失去了与姜老师的联系，只是偶尔从同学那里得知她越来越优秀的信息，知道她当上了校长，成了教育专家。

三年前，我因公出差，路过母校，便去看望那里的老师们。在简直已天翻地覆变化的母校，听着头发斑白的教数学的李老师介绍母校二十多年来坎坷而辉煌的发展历程。我们不约而同地提到了姜老师，慨叹她当年不仅改变了我们那一批学生的命运，甚至还改变了一所中学的命运——正是那年中考成绩令人惊讶的优异，让领导、老师、家长、学生们都开始重视那所长久被忽略的中学……

李老师帮我拨通了姜老师的手机。听到我的声音，已在县城一所中学当校长的她，惊喜道："我刚才还在阅读你发表在《读者》杂志上的文章呢，写得真好，老师很骄傲有你这样的学生。"

我激动地告诉她："我一定会尽快去看望您。"

她也很兴奋："好啊，我也想看看你，个头长高了吗？还那么瘦吗？"

随后，我们又聊起了其他同学，没想到她那么关心我们的成长。往昔的许多琐屑的小事，她都记得清清楚楚。

没想到，那天晚上，她竟打出租车，赶了七十多里的山路来看我。她说："放下电话，就忍不住想来看看现在的你，想着想着，就出门了。"

我感动而羞愧："应该是学生去看望您的！"

"一样的，一样的。"她还是那么美丽、爽朗。

那天晚上，我们师生畅饮，畅言，快乐无比。

告别时，我与姜老师相约：第二年夏天，我约好在北京、南京、哈尔滨等地工作的她一直未曾见面的几位学生，我们一同去看望她。

然而，我怎么也不会想到，我们那次"再见"，竟是我们的永诀。数月后，她猝然辞世，因为乳腺癌，发现时已是晚期。

据说，她在生命最后的一个月里，常常翻看着一张张的毕业生合影，念叨着一个个学生的名字……但是她没有惊动任何一个她想念的学生。

噩耗传来，我惊愕地呆住了。好长一段时间，我都不愿相信那是真的。

再次看到姜老师留给我的手机号码，我的心一阵隐隐地疼，仿佛许多美好的旧光阴，都被这个手机号码收藏了。

我无法删掉这个手机号码，尽管我知道自己不会再去拨打这个号码，但我一定要保留着它。因为看到它，我就会想到姜老师，就会想到那些注定要刻骨铭心的往事……

那一串早已记熟的数字，是一根最实在的纽带，只那么轻轻地一眼，我就可以立刻看到天堂里的姜老师，就能听到她永远年轻的笑声，不管时光怎样老去。

送一朵玫瑰给自己

其实，还在上大一时，他便暗恋上了她，只是家境始终清寒的他，内心里藏着别人不知晓的特别自卑，他始终不敢向她表白，生怕自己遭到拒绝，直到考上研究生后，他才在室友的鼓励下，在她生日那天，怀着一颗惴惴的心，送上了一束鲜艳欲滴的玫瑰。

她灿然的一笑，是他收到了的最好的礼物，整整一天，他都被一种巨大的幸福包围着。

但再见面时，她对他淡然依旧，彼此依然是不远不近的同学。而他，爱的灯盏毕竟点燃了，虽说还只是一豆小小的火苗，但那跳跃的光亮，还是让他的心暖暖的。他的固执，也让他不会轻易地选择退却。于是他开始了执着的爱情追求之旅。

知道她喜欢鲜花，他便经常买了玫瑰、百合、郁金香、康乃馨、满天星等各种鲜花，甚至不辞辛苦去山上采了鲜花，一一送给她，她的女友指着案头不断变化的鲜花，不无羡慕地说，她遇到了这个时代的"最后一名骑士"，她只微微一笑，不置一词。

她终于还是被感动了，在他的九十九朵玫瑰递到她的手上时，她握住了他的手，与他一同去了校园附近最著名的"情侣酒吧"。那一天，他特别开心，只喝了那么小小的一杯红酒，他便满面绯红，比她的人面桃花还鲜明，真的不是酒醉了人，而是人自醉。

　　沉入爱河的日子是快乐的，他省吃俭用，攒下来的钱，给她买了各种小礼物，最多的是玫瑰，因为她是他心中的"玫瑰仙子"，他喜欢她望着那些花瓣时，眼睛里盈盈的欢喜。

　　得知父亲患了不治之症，是在他毕业论文写作最紧张的时刻。他再也坐不住了，向导师请了假，便急匆匆地赶到那个偏远的小镇。此时的父亲，已被病魔折磨得弱不禁风了。他的眼泪止不住地噼噼啪啪地滚落，他想到了辛苦一生却没享多少福的父亲，这些年来曾为自己的求学，默默忍受的那些难以描述的苦楚和辛酸，想到父亲知道了自己的生命将以日计数后，还念念不忘未能看着他成家的遗憾……他拿了女朋友的照片给父亲看，疼痛中的父亲，竟憨憨地笑了，嘴里直说好，但拒绝了他想邀她到家里来看看的提议，理由是自己病得太狼狈了，别让女孩跟着难受。

　　他留下来了，陪着父亲走过了生命中最后的两个月。

　　待他回到学校后，起早贪黑地忙碌自己被耽搁的论文写作，很少有时间去陪她了。起初，她还有些不快，渐渐地她也不在意了，也很少来找他了，两人连短信发得也明显地少了许多，似乎他们的爱情也冷到了某一个淡漠的刻度。

　　终于，完成了毕业论文，他如释重负地去找她，准备出去简单地庆祝一下，她却告诉他，她马上要去北京参加一个招聘面试。他很惊讶，这么重要的事，怎么从未听她提起过？

　　她却一脸的平静，说他一直在忙，即使告诉了他，也帮不上她什么。

　　她说的是事实，可他的心里还是生了些许的凉意，因为她周边的不少人都知道了，而他这个男友竟浑然不知。

心中最担心的猜测，很快变成了现实——她从北京回来后，就宣布与他分手。

他竭力挽留，说自己也可以努力去北京发展的。她却说不是因为两人的空间有了距离，而是心里没了爱的感觉。

还能说什么呢？她去意已决，纵使他泪眼婆娑地一再哀求，亦是覆水难收了。

弥漫于心头的伤痛，让他一时间心灰意冷，独自一个人坐在临街的一个脏乱的小酒馆，一瓶廉价的二锅头，喝得他头重脚轻。

回学校的路上，他跌了一跤，摔断了一条腿。

酒醒时，他发现自己已被同学送进了骨伤科医院。自己竟然也做了一回"酒鬼病人"，他羞愧满怀。挣扎着想逃出医院，那床头的牵引架却拉住了他。

正黯然时，许久不曾联系的小学同窗大伟却突然走进了病房。当年，大伟家是全村最穷的，他和妹妹都没读完初中便辍学了，尽管他们都挺聪明的。十七岁，大伟就跟着舅舅天南海北地打工，吃了无数的苦，遭了无数的罪，也赚到了不少钱。如今，他已经拉起了一支上百人的施工队。

大伟听了他讲述的不幸遭遇，摇摇头说，你那点儿挫折根本不算啥，你听听我的遭遇，就知道接下来该怎么做了。于是他知道了大伟曾有过那样一些鲜为人知的经历：

大伟的第一份工作是去砖厂运砖，一天，他正埋头往车上装砖，不料一大摞砖轰然坍倒，他躲闪不及，被砖砸倒，掩埋了大半个身子，被同伴拉出来后，腿上都是血，一听说老板负责医药费，他竟满意地笑了。

还有一次，那个建筑老板拖欠了大伟他们那帮人两年的工资，他们睡在稻草上，啃着冰冻的馒头和白菜帮子，连回家过春节的车票都买不

157

起，可他没抱怨什么，等到媒体曝光后，拿到那份工资后，他竟有些不好意思了，说自己吃点儿苦没啥，就怕家里人跟着担心。

那年，一位一起打工的南方人骗了大伟三千块钱，那是他三个月辛苦打工积攒下来的，每一分钱都浸了汗水。他也只是长长地叹了一口气，没有让懊悔和难过缠住自己，他甚至在意识到自己注定无法再找到那个骗子后，居然还跑到街上给自己买了一朵玫瑰，哼着小曲回到了工地。工友们惊讶地直摸他的脑袋，以为他被弄傻了。他却笑着解释说，糟糕的事情已经发生了，我如果再让糟糕的心情多存留，那么眼下和将来岂不是要变得更糟糕。想开一点儿，人生总有很多的不如意，赶快转过身去，远离伤感，相信总会有峰回路转的时候……

大伟还告诉了他一句在书上看到的话：错过了月亮，还有星星。

握着大伟的手，他的心中有清凉的风涌：没错，即使眼前所有的花朵都凋落了，春天依然会如期而至。就像即便是所有的星星都被乌云吞没了，还有萤火虫一闪一闪地，在前面照着道路。

自己真的不应该沉湎于失落的苦痛之中，而应该像大伟那样，就在今天，送给自己一朵玫瑰，送给自己一个重新开始的祝福，早日走出悲伤的泥淖，去拥抱另一片明媚的春光。

我们的输赢都在路上

1990 年 8 月，我接到了省城师范大学的录取通知书，成为那个偏远山村里考出去的第一个大学生，带着全村人的羡慕和赞叹，兴高采烈地踏上了通往省城的列车。

与此同时，我的同窗好友金海，却泪流满面地撕碎了北京一所名牌大学的通知书，在村民的一片扼腕痛惜中，默然背起简单的行囊，加入了南下打工的队伍。尽管上大学是金海梦寐以求的愿望，但残酷的家境状况，让他只能做出那样无奈的选择——他母亲患精神病快十年了。不久前，他父亲又被突然炸响的哑炮，永远地剥夺了行走的权利，只能愁眉苦脸地瘫卧在床上了。没有什么比贫病交加，更让人心痛的了。那个炎热的八月，我不敢见金海，不敢面对他满眼叫人心酸的苦涩。

我的大学阳光明媚，简单的功课、少许的作业和宽松的考试，让我轻松愉快地应对。于是我把充裕的时间，慷慨地抛给了影院、舞厅、商场、溜冰场，尽情地品尝青春的快乐。我甚至还在大三那年秋天，旷课二十天，跟两位同学结伴游历了大半个中国，虽说为此挨了处分，也没

159

在意，反而时常拿出一大把照片，炫耀似的将那当作大学生活里得意的谈资。

不幸的金海，刚去南方打工没多久就遇到了麻烦，他好容易找到一份工作，辛辛苦苦地干了半年，待到结算工钱时，雇工的老板却突然消失得无影无踪。金海后来告诉我，那会儿，他恨不得杀了那个可恶的老板，因为那是他最艰难的时候，那是往他没愈合的伤口上撒盐啊，他几乎挺不住了。

第二年春天，金海来到我读大学的城市打工。我陪着他跑了三天劳务市场，终于在一个建筑工地上，找到一份搅拌泥沙的又脏又累的工作。金海说他不怕吃苦，有一份挣钱的工作就行，他还说离我近一点儿，他心里多一分温暖。当时，我很感动，好像自己是这个城市的主人似的，拍拍他的肩膀："有空到我学校来玩，需要我帮忙的尽管直言。"

此后一年间，金海几乎没到大学里来找过我，因为他实在太忙了，每天都要起早贪黑地干上十五六个小时。我去看过他两次，见识了他那阴暗、潮湿的工棚和简单、劣质的伙食，见到短短的两年间他那变得与年龄不相称的黝黑、苍老的面容，我不禁在心里暗暗感叹——命运就是如此不公，聪明、勤奋的他，理应和我一样潇洒地漫步在大学校园，把青春自由地挥洒成一首首浪漫的抒情诗的，现在却……

悠然的四年大学时光转瞬即逝。毕业后，我如愿地留在了省城，并进了一个大单位，拥有了一份轻松、体面的工作，并娶了一位处长的女儿。每年春节，我都要携妻带女衣锦还乡，站在家乡父老羡慕的目光中间，我心里装满了成功的幸福与骄傲。

再说金海，熬过三年多艰辛的打工生活，他敏锐地捕捉到了改变命运的机会，果敢地成立了自己的建筑公司，拉起一支建筑、装修队伍，不辞辛苦地征战于北方各大城市，凭着他的聪明、坚韧与认真，很快打开了局面，公司的资本滚雪球似的急剧膨胀。几年后，他已是身家逾千万元的房产大亨，在京城拥有了自己的豪华别墅和奔驰轿车。他还给父母请了保姆。两位老人逢人便慨叹——这日子就像做梦似的，以前连想都不敢想，他们这辈子还能过上这么幸福的生活。

金海依然是一个大忙人，在紧张、繁忙的商战之余，他总要挤时间开车到首都的几所著名大学听课。他说知识经济时代了，一天不学习都要落伍的。

与金海相比真是惭愧得很，大学成绩平平的我，对手头那份悠闲的工作，自然也没怎么投入，更多的精力都花在繁杂的人事应酬上面了。当然，我也琢磨过一些挣钱的门路，但结果大都不尽如人意，便更加慵懒起来，"不求有功，但求无过"地打发起日子来。没有明晰的追求目标，也没了生活的压力，我不知不觉中也就疏远了学习。同学相聚时，也曾自嘲地说"堕落了"，但说归说，依旧是无所谓地虚度岁月。直到有一天，单位人员精简降临到自己头顶时，我才像被人在肩头猛击了一掌，真切地知道了这世界上没有一劳永逸的美事。

应该感谢金海，在我下岗后痛苦得难以自拔时，他向我伸出了热情的双手，把我安排到了他公司的一个重要部门。这一年，正是我们迈出高中校门十年。

十年间，我从一个光明的起点开始，取得一点点的成功，但很快就滑向了平庸；而金海却从巨大的失意中迅速崛起，大踏步地走向了人生的辉煌，并继续向着更高的峰巅攀登。回望我和金海的这段不长的人生之旅，不难看出：最终的成功，不在于起点的好坏，不在于起步的早晚，也不在于最初领先的多少，而在于目光始终瞄准前方，在于整个路途上的心血与汗水的付出……

"我们的输赢都在路上"，我把这句话深深地铭刻在了心中。

第七辑　最重要的，是打好手上的每一张牌

　　不要抱怨世事无常，命运就握在你的手上，打好你手上的牌，经营好你的每一天，即使是一棵卑微的小草，也不必自惭形秽，谁都能拥抱明媚的春天。

我喜欢赚快乐

第一次见到他，我就惊讶：那么帅气的一个小伙子，怎么会去卖猪肉呢？

等熟悉了以后，我更惊讶了，他居然毕业于名牌大学，学的还是很热门的专业，放着那么多好工作不选，偏偏去了超市站柜台卖鲜肉。

那天，我第一个走进超市。看见他正手持一把锋利的短刀，先前后左右端详着放在案板上的半个猪胴体，仿佛在脑海里进行了一番构思。然后，他开始进行细致的分解工作，他那把刀着了魔力似的，随着他手腕的上下翻转，纵横穿梭于骨肉之间，时急时缓，忽停忽走，真是行于当行之处，止于当止之处，干脆利落，绝不拖泥带水。一块块分解下来的肉，按照不同的部位，被他分类地摆放妥当。接下来，他又拿来一把利斧，开始将排骨分割成若干大块。只见他瞄准选好的切入点，手起斧落，似乎没用多大力气，那骨头便应声断裂，没有丝毫的骨屑飞溅。不过五分钟，一项任务轻松完成，再重新开始。

看到他那行云流水般的娴熟操作，让我不由得想起了庄子笔下的

《庖丁解牛》，心里暗暗地折服他的这一游刃有余的绝技。

更让我惊叹的是，他始终面带微笑、饶有兴致地工作，身旁还放了一个单放机，里面播放的不是流行音乐，而是理查德·克莱德曼的钢琴曲。就在那轻柔、舒缓的美妙旋律中，他把那看似枯燥乏味的工作，变成了饶有情趣的艺术表演。

等顾客陆续进来买肉时，他又向人们展示了一项绝活：顾客只要说出自己想买的重量，不管是几斤几两，他笑呵呵地道一声"好的"，随手抓起一块肉，或在那大块肉上只一刀下去，放到秤上一看，跟顾客要求的几乎毫厘不爽。眼光准，手头更准，顾客啧啧称奇。

我问他，花多长时间，练就这一套卖肉的绝活？

他不无骄傲地告诉我，他只练了半年多，因为他特别喜欢这份工作。另外，他的基础较好，大学时解剖学那门课学得特棒。

我好奇了："既然你的专业那么好，为什么选择了卖肉？

他笑着："因为喜欢啊。"

"仅仅因为喜欢？难道不觉得把辛苦学习的专业知识扔掉了可惜吗？"我仍有些不解。

"卖肉不也是一个重要的专业吗？相比较而言，我更喜欢这个专业。"他手上忙碌着。

"你说的也有道理。可是，这个专业赚不了大钱啊。"我直言不讳了。

"比赚钱更重要的，是我干这个工作，可以赚到快乐。"他没有丝毫的自卑。

"赚快乐？"我的心弦突然被拨了一下。

"对啊，如果工作的目的只为了赚钱，那我肯定不会选择卖肉的。但如果把工作当成快乐的享受，我还是最喜欢卖肉，因为在卖肉的过程中，我获得了太多的乐趣。这其中的快乐，是多少金钱都买不来的。"他的眼神中流露出的喜爱，那样自然。

"我知道了，你欣赏高雅的钢琴曲，在一份看似简单的工作中，练就出超人的技艺，都是因为你始终把快乐做事放在首位，而没有将赚钱放在前面。"我似有所悟。

　　"赚钱当然也很重要，我技术好，服务好，创造的效益高，奖金也多，但最让我欣慰的，还是我每天都快快乐乐的，这是最重要的。"他还说了他的理想，说他要带出一帮徒弟，还要根据卖肉的体会，写一本励志的书，里面要配上好多有趣的漫画。

　　望着白净、帅气的小伙子，我不禁慨叹："即使是卖肉，也能卖出一种生活情趣，卖出一种人生境界，只要一个人心存热爱。"

幸福，是现在进行时

英语课上，新来的外教珍妮老师请同学们讲述自己认为最幸福的时刻。有的讲起了童年幸福的往事，有的讲起了初恋时的幸福情景，有的描述了梦中的幸福景象，还有的设计了幸福的模式……仔细地倾听着同学们认真的讲述，珍妮老师始终微笑着，不置一词评价。等待同学们讲述完毕，珍妮在黑板上用英文写下这样一句话——幸福，是现在进行时。

幸福，难道不可以是过去时和将来时吗？同学们立刻提出了质疑。

"当然可以，但没有现在进行时，便没有真正的过去时和将来时。"珍妮坚定的话语中，透着耐人寻味的思辨色彩。

"可是人们为什么喜欢憧憬幸福的明天，喜欢回味幸福的往昔呢？"一个男同学仍然不解地追问。

珍妮没有直接回答这个问题，而是讲了自己的故事——

曾经，她梦想自己能够拥有那样的生活：有很多的钱，很多的时间和精力，自由地周游世界各地，结交一大帮可以倾心交流的好朋友，拥有一个理想的爱人，和他携手相爱一直到老。

可是她的家境一直很不好，她甚至差一点儿读不完大学。毕业后，她只能拼命地打工赚钱养家糊口，根本没有时间去那些交友的场合，更不要说是外出旅游了。自然，在她忙碌的那个小圈子里，是很难遇到梦中的知心爱人的。

于是她不无忧郁地感慨："我的幸福，在远方，在遥遥无期的远方。"

"你的幸福，明明就在你的手边嘛，就在此时此刻啊。"在秋日的一个午后，一位保险推销员不容置疑地告诉她。

"可是此时此刻，我感觉到的并不是幸福啊。"珍妮有些茫然不解。

"那是因为你还不懂得把眼前的每一分钟、每一个行动，都看作是通向幸福必经之路，还没有学会品味追求过程中的点点滴滴的幸福。"接着，保险推销员引导珍妮将目光投向周围的人们。于是珍妮在建筑工的笑声中，在孩子动听的读书声里、在晒太阳的乞丐脸上，在那些步履匆匆的职员身上，在那互相搀扶着走向夕阳的身影上，都读到了保险推销员所说的真实无比的"幸福"。

她恍然明白了：幸福，就在每个人的手上，阳光一样真实地流淌着。就在自己认为琐屑的那些小事中，正藏着许多的幸福，只是她眼睛总是过于关注前面了，对散落在生活中的那些细小的幸福，有些视而不见了。

再后来，珍妮开始快乐地读书、工作、赚钱，幸福地雕琢着每一寸光阴。终于，她如愿地来到了中国的课堂上，拥有了许许多多的学生和朋友。她曾经的梦想正在手上一点点地化为现实，最重要的是她感觉到了幸福正与自己形影不离。

珍妮仅仅教了我们有数的几节课，没过几年，其讲课的内容很快都被我们忘记了，但她的故事和她的那句"幸福，是现在进行时"，却深深地留在了许多同学的心中。

诺贝尔奖获得者马尔克斯曾经说过："真正的幸福，永远是触手可及的，因为幸福更喜欢现在进行时。"

这些年来，每当我要懈怠地随手抛掷时间，每当我要抱怨生活中的某些不如意时，我的眼前常常会浮现出珍妮那微笑的面庞，想起她那简单的人生赠言——幸福，是现在进行时，需要热诚而智慧地把握。

　　没错，过去的幸福，已经是定格的风景，只能留给回忆了；而未来的幸福，还在遥遥的路上。唯有眼前的一切，才是最真实的，才是最值得加倍挖掘的。聪明的人，懂得从今天的一点一滴中发现、创造和享受幸福，懂得把梦想的幸福，经由"努力珍视的现在"，变成未来美好的回忆，懂得品味持久而真实的幸福。

眼前就有好风景

夏日的午后，微风习习。八十四岁的祖父，在院子里的那棵老榆树下，悠然地看着一群蚂蚁在搬运食物。他依然耳聪目明，手脚也很灵活。看着那些忙碌的蚂蚁，他的嘴角浮起了孩童般的笑意，像是观赏了一场精彩的演出，他惬意地点点头。许多人不曾留意的那些小生灵，兴奋地摆动的触角，似乎碰到了他的某一个细小的神经，他不禁嘿嘿地独自笑出了声，父亲告诉我，祖父肯定是又看见了有趣的东西。

祖父一辈子没走出过那个小山村。记得十年前，从欧洲旅游回来，我一边给他看我一路拍摄的那些旅游照片，一边向他描述外面的精彩世界。他像一个小学生似的，静静地听我介绍，不时地问我几个相关的问题。我看到了他眼睛里闪动的向往，就对他说，等我赚了钱，就领他去外面的世界去看风景。

他听了直摇头："我可不去，我身边的风景还没看完呢。"

我以为他心疼钱，便告诉他："花不了多少钱的，我可以给您提供路费。"

祖父依然固执道："不去，眼前就有好风景，没必要舍近求远。"

我不以为然地说："这么一个小山村，您都待了快一辈子了，哪里还有值得您欣赏的风景呢？"

祖父却无限陶醉地用手一指："看看门前的那座小山，上面有多少棵树，有多少条小路，有多少花草、鸟兽，每一处都是独特的景致，让你看都看不过来；还有这村子四周的田地，每一年都春夏秋冬地变换着不同的景象，也让你看不过来；就是坐在院子里，瞧瞧那些鸡鸭鹅狗，瞅瞅那些菜园和花圃，听听头顶的鸟鸣，哪一天都少不了有趣的风景啊。"

我哑然，很敬佩祖父的慧眼独具，他能够从身边最寻常的点点滴滴中，敏锐地发现和捕捉到那么多赏心悦目的风景。

而我们，常常是身在风景中，却浑然不觉。

认识一位农民作家，他思维敏捷，情感细腻，写一手好文章，在文坛内外都颇有影响。奇怪的是，他居然几乎从不外出采风，更不会找时间专门出去旅游。其实，他有很多的机会可以调到省城去当专业作家，去享受现代都市生活。可他至今仍居住在乡村，仍在照料着几十亩土地，像村里的其他农民一样，春种、夏耕、秋收、冬藏，认认真真，一丝不苟，只在晚上和农闲时节，他才埋头于书堆和稿纸间，孜孜不倦地生产精神食粮。

问他为什么一直守着那块土地，不到外面走走，开开眼界。

他笑了："眼前就是一个精彩纷呈的世界，并且在不断变化着，足够我欣赏和咀嚼的了，用不着劳心劳力到外面走马观花地转悠。"

我仍有些不解："可是眼前的景象都熟悉了，怎能激发起写作的兴趣？"

他目光深邃地望着天空："就像那些每时每刻都在变幻的白云，身边的人、事、物、景，也都在不断地变化着。细细打量，就会发现简单里面藏着的深刻，就能看到寻常中隐秘的奇崛。好风景不仅要用眼睛看，还要用耳朵听，用手触摸，更要用心灵去感受。怀揣一颗热爱的心，随时随地都能看到好风景。"

我恍然大悟：要遇见好景致，最重要的是拥有一颗爱意充盈的心。

朋友晓红是一个最懂得随遇而安的女子。她在市里的史志编辑室上班，长年累月地与各种资料打交道，不用去看，就知道她那工作该有多么枯燥乏味了，可她每天都乐呵呵地上下班，似乎还很忙碌，有时周末也不休息。她一有空闲，一准会去逛街，独自或者呼朋引伴，挤公交或干脆步行，其实也没什么必买的东西，空手而归也是常有的事，可她一直乐此不疲，年年月月。

我不解地问她："也不买什么东西，天天逛街，不累吗？"

晓红神采飞扬地回答："一点儿也不累，逛街就是在逛风景啊，一路走去，商场里、大街上、公交车站点……随时都能遇到有意思的人和事，随处都能看见新鲜的东西，就像我在单位里整理资料时，总会不经意地就有惊喜地发现，那种感觉实在是太好了。"

"逛街就是在逛风景"，这是我第一次听到的妙论。细细想来，还真有道理。

没错，每个人的眼前都有无数美丽的风景，只有懂得用心去观察，用心去体味，才能领略和感受到其中蕴藏的美，才会由衷地感慨——这世界真奇妙，拥有一颗热爱的心，即使足不出户，也同样可以拥抱世间的许多美景。

弟弟是名师

我这位二叔家的弟弟，当年没有考上大学，他似乎并没怎么失望，高高兴兴地回乡下种地去了。家里的责任田不够种，他便承租了别人的五垧地，没看到他怎么费劲儿，便把庄稼侍弄得像模像样，每年都比别人多收获不少，连许多老庄稼把式都赞叹他是种地好手。

去年放寒假，我从省城回老家过年。一回到村里，便听到很多人跟我说弟弟现在是乡里的名师了。我纳闷：弟弟种地很出色，这是我知道的，他怎么会成为名师呢？

原来，弟弟在农闲时节办了学习辅导班，他讲课风趣，还很懂方法，特别是懂得因材施教，不少原来不爱学习的孩子，经他一调教，居然喜欢学习了，成绩明显提高，他教学能手的名气立刻传开了，很多学生纷纷到他的辅导班来补习，而他竟能让家长和学生都满意。别的老师也开辅导班，但效果不明显，很快都不了了之了，他的辅导班却日益扩大，渐渐办成了一个小型的辅导学校，他一个人教文科和理科，样样出色，比名师还名师。

起初，我还以为大家可能有所夸张，等听了他的一节语文课和一节数学课后，我不禁佩服得直替他惋惜——弟弟不能当专职老师，实在是一大遗憾。他却笑道："我这不是在当老师吗？于人有益，于己也有利啊。"

弟弟说的没错，他虽然只有高中学历，也没有教师资格证，可那么多学生喜欢听他的课，他每月的课外辅导收入有八千多元，比我这个大学老师的工资还高，就凭这一点，他就可以当之无愧地被称为名师了。

其实，弟弟还有很多绝活呢。那天，我的电脑坏了，打电话把在县城工作的一位计算专业毕业的大学同学叫来，同学弄了半天，扔下一句："没法修了，恐怕只能换硬件了。"

同学走了，说过几天硬件从省城发过来后再帮我换，而我这时正急着要为一家杂志赶写一篇约稿。看到我手足无措地在屋子里直打转，弟弟走过来说："让我瞧瞧吧。"

"电脑你也懂？"看他麻利地卸开机箱，我特别惊诧。

更让我叹服的是，他三下五除二地一通鼓捣，居然把我的电脑给鼓捣好了。他告诉我毛病出在一个元件的触点那里。

我问他跟谁学的这一手修电脑的技术，他淡然："也没跟谁学，就是多读了一些这方面的书籍，再就是自己多琢磨了一些。"

"跟你辅导学生一样，都是无师自通啊！"我不能不对弟弟肃然起敬，因为他不经意间，就把我们很多人花了很多精力也没弄明白的事情弄得清清楚楚，把我们干了许久也没干好的事情干得那么出色。

弟弟却十分谦逊："其实也没有什么，我只是不肯死读书，不肯把书读死了，知道把书读活了，读开了。"

"把书读活了，读开了。"我不禁重复了一遍。

说起来简单，真正做好了，却不是一件容易的事情。弟弟的成功，就在于他不仅仅懂得该怎么去做，更在于他实实在在地做好了。所以弟弟成为一位名师，理所当然。

像自己这样生活

他从小就非常崇拜那些成功人士，读小学时，写过一篇题为《像比尔·盖茨那样进取》的作文，老师当作范文在课堂上朗读，并赞许他志向高远。进入大学后，他更是迷恋上那些励志图书，如饥似渴地阅读了大量诸如《像伟人那样思考》《像强者那样行动》《像智者那样探索生》《像明星那样经营》之类令自己热血沸腾的书籍，他敬佩一个个古今中外成功人士辉煌的人生，为他们的梦想、奋斗、激情、智慧、执着等所感动，暗暗地将他们当作自己效仿的榜样。

然而，残酷的现实告诉他：尽管他十分认真地像那些成功人士那样思考、那样行动，他始终还是一个普通人，普通得一进入茫茫人海，便立刻没了踪影。

大学毕业后，他辞掉了那份不少人看好的工作，毅然地去做保险推销员。只因《世界上最伟大的推销员》那本书，点燃了他从零开始的激情，他要磨砺意志，渴望在不断地遭遇挫折后，也能够像那位杰出的推销员一样赢得堪称奇迹的成功。然而，四年艰苦的打拼过后，他并没有拥抱渴望的辉煌，依然只是一个整天为温饱忙碌奔波的小人物。

苦恼过、叹息过、焦虑过，不甘碌碌无为的他，又开始了新的奋斗，他借钱投资创业，搞软件开发，做品牌服装代理，买理财产品，种植进口花卉……多方尝试，多方探索，似乎每一个成功者走过的路，对他都是很大激励。既然人家能够成功，为什么自己就不行呢？他骨子里不服输，又接连不断在新的领域中闯荡。结果，十几年过去了，时赚时赔，人到中年的他，依旧囊中羞涩。成功，似乎有意在躲着他。

那年秋天，他回到那个僻远的小山村。家乡已发生了很大的变化，许多年轻人都外出打工了，许多孩子也跟着父母进城了。村子里多是一些老人、妇女，春种秋收也大多机械化了，几乎没有人再积肥营养土地了，大家更相信化肥的威力，也很少有人再"汗滴禾下土"了，有了便捷的除草剂，一喷洒就解决问题了。大家都很自然地那么做，因为那样的耕作方式，省时、省力，虽说成本较高，粮食品质较低，对土地的破坏较大，但明显的高产量，却鼓动着大家毫不犹豫地如此选择。

在农村老家，也吃不到真正的绿色食品了？他有些悲哀地问父亲。

父亲告诉他，只有邻村那个老耿头，种地还像从前一样，养猪养牛，广积农家肥，一车车地运到地里，种地从不买化肥。他还用牛耕地、耙地，还靠人力一锄头、一锄头地除草。只是他种的粮食产量不高。

他很惊讶老耿头的固执，问其为什么不像别人那样种地？老耿头淡淡一笑："每一个人都有自己的一种活法，为什么要像别人那样呢？我觉得像自己这样种地最好，虽说辛苦一些，收入少一些，但保养了土地，还种出了更益于健康的粮食。"

就这么简单？他惊讶：众人都在图轻松、图多挣钱的时候，老耿头仍能如此悠然，不为别人的轻松成功所动。

"就这么简单，像自己这样生活，我感觉很知足，也很幸福。"老耿头朴实的话语里透着深刻的哲学意味。

"像自己这样生活"，他轻轻地重复了一句，心田里陡然投入了一缕阳光。

老耿头说得真好。只要自己幸福就好，没有必要去模仿别人，去重复别人的道路。

后来，他听说老耿头不盲从他人的种地方式，被记者报道后，受到许多人的关注，很多经销商争相上门订购他的绿色粮食，出的价格也很高，他的收入比那些高产的粮食大户还多了。有些人也想效仿他，但经过多年掠夺性的耕种，那土地已损害得难遂人愿了。再说了，大家一时也难以建立起像老耿头那样的种地信誉啊……

每个人都可以有许多选择，每个人都有自己的道路，但是，不管怎样虚心学习别人，都千万不要迷失了自己，不要企图把自己变成别人的样子，不要简单地抄袭别人的生活。须知：像自己这样生活，才能准确定位，才能品味到属于自己的幸福。

谁都可以耀眼地升起

他出身寒微，窘迫的家境只勉强支持他读了几年的书，十四岁那年，他便跟着父亲赶着骡队，常年跋涉于崇山峻岭间，特别辛苦地为别人运送各种货物，仅仅为了养家糊口。

漫长而孤寂的送货途中，他经常不由自主地仰望苍穹，那辽远无际的蔚蓝如此深邃迷人，那明亮世界的阳光、那悠悠飘移的白云、那变幻莫测的晚霞，都是他的双眼在白日里追随的醉人的风景；而那浩瀚的银河、那轻柔如水的月光，那闪烁的繁星，则会在宁静的夜晚引领他走进遐思悠悠的神奇天地。因那些深情的仰望，异常单调、辛苦的送货之旅，竟多了许多情趣。

二十世纪初的某一天，他疲惫不堪地将一批货物送到了洛杉矶附近的威尔逊山顶上，当他得知原以为不过是一些废铜烂铁的东西，组装起来的居然是世界上最大的望远镜，他不禁惊奇地问了一句："它能够看到天堂吗？"工作人员笑着点点头，觉得他的问询充满了孩子般的稚气。

他竟由此不再做生意已有起色的皮货商了，执拗地留在威尔逊天文台，心甘情愿地做一名擦地板、扫院子、看门的杂工，虽说报酬低廉，日子十分清苦，但他很知足，因为他可以忙里偷闲时跑到那台特别的望远镜前，遥望一下肉眼看不到的更辽远、更神奇、更美妙的"心中的天堂"。

那天夜晚，值班的观测员突然生病，已对那台望远镜操作很熟悉的他被临时叫来顶替一会儿，而他出色的表现让在场的一位著名专家大加赞赏。不久，他就成了那位专家的助手，在专家的悉心指导下，他继续兴致勃勃地探寻"天堂"的秘密。

当著名的天文学家哈勃来到威尔逊天文台后，计划对宇宙深处进行研究，哈勃没有挑选那些出身名校的"高才生"，而是毅然地选择做事最认真的他做自己的助手。长年累月地追踪观测遥远的星云昏暗模糊，需要足够的细心和耐心，需要忍受超乎寻常的辛苦，而他竟饶有兴趣地做着这份单调难挨的工作，像一名科学家那样敬业。七年后，他协助哈勃推出了具有划时代意义的重大发现——哈勃定律。

再后来，他继续观测星云，继续探寻苍穹的奥妙，他与其他科学家一道借助新技术和新设备，对哈勃定律进行了改进。因在天文学方面的一系列卓有成效的工作和不凡的业绩，他已跻身于著名天文学家的行列，很少有人知道他曾是一名普通的用骡队运输的皮货商。

他的名字叫米尔顿·赫马森，一个喜欢遥望星空的皮货商，因为兴趣和执着而看到了宇宙的深邃、壮观，拥有了辉煌无比的人生。"谁都可以升起，成为一颗耀眼的星辰，只要愿意并去努力。"一位传记作家如此感喟米尔顿·赫马森的生命历程。

第二百〇一次叩开的是成功

那年，他没考上大学，将那张高中毕业证书塞到箱底，便跟那些下岗者，一道加入了满大街找工作的大军。

年纪轻轻，又无一技之长的他，在一次次求职碰壁后，心情黯然地翻遍能搭上一点边儿的公司。终于，一家叫米尔顿的人寿保险公司接受了他的"求职"，做销售推广工作。米尔顿是按承揽的业务额提成，但他还是很高兴，毕竟找到了一份可以尝试的工作，虽说不少人不止一次地在他面前提过，这项工作多么辛苦多么艰难，他还是满怀希望地接过来，因为他太需要一份工作了，太需要证明他已经长大。

于是他揣着宣传单和协议书，开始了苦辣酸甜都有的"扫楼"的日子。

没想到，上岗的第一天，他跑了整整一上午，跑了六十二家单位和私宅，也没谈成一份业务。拖着沉甸甸的双腿，从大街上走过，他的眼泪快要流出来了。他真切地感到了这份工作的艰难。看到那些穿着漂亮的时装，从眼前走过的同龄人，他更有一种说不出的伤感。

但他还是忍住了泪水，他轻轻地告诉自己——再去试试，估计叩过一百个门的时候，总会碰到一份欣喜吧？

下午，他选择了一个自认为很有希望的居民小区，开始从一层一层地"扫楼"，一次次满怀希望地叩门，一次次笑脸盈盈地说明来意，又一次次遭遇拒绝，他的希望一而再，再而三地遭受打击，嘴唇都被焦急咬破了，叩开第一百家居民的房门时，一屋子玩麻将玩得正起劲儿的男人不满地呵斥他："快走，别来烦人。"

还走吗？是不是现在就回去辞了这份苦差？捶着酸疼的双腿，他问自己。

歇息了一会儿，他给自己又订了一个目标——再走五十家，如果还是遇不到一位投保人，他就甩手不干了。

主意已定，他又鼓起勇气，开始耐心地继续"扫楼"，但迎接他的除了失望还是失望。夜幕降临时，他叩过了四十二个门，却没有一个客户答应签单，他只得满怀失望地回家。

到家了，他三下五除二地消灭了一碗饭，就先躺下了，他说第二天开始上班，没跟父母提起这一天的遭遇，是不想让他们本已布满忧愁的心中，再添一缕忧愁。

第二天，他显然已没有最初那份热切的期望了，不大自信地叩过八个门，他一脸沮丧地坐在一栋楼前的花坛边，把那一张张花花绿绿的宣传单抱在怀里，想着怎么回去向那位答应让他试试的经理交差。

这时，不远处正在玩弹子的一对祖孙吸引了他的目光。只见那个小男孩一次次的地弹击前面的一枚弹子，但总是偏差那么一点点，祖父在一旁耐心地鼓励道："差一点儿了，再试一次，就差一点儿了，再试一次就打中了。"小男孩满头大汗地坚持着，一次次充满自信地弹击着……

那情景让他怦然心动，他知道自己该怎么做了。就在他刚刚站起身来的时候，身后便响起小男孩畅快的欢呼声："打中了，打中了，我打中了。"

回头望一眼阳光中的祖孙二人，他继续去"扫楼"，去寻找能给他带来好运的客户。

　　但他没那位小男孩那么幸运，接连不断地迎接他的还是失望，一百九十一、一百九十二、一百九十三……越往下数，他的脚步越沉重，大概他的命中注定不该吃这碗饭，他开始怀疑自己的命运。

　　来到最后一个门洞的五楼，第二百次叩门，他收到的依然是深深的失望。扶着楼梯，他大口地喘息着，想好了——就此回头，去他的"保险业务员"，他这辈子再也不干这苦差事了。

　　然而，顺着楼梯，他看到六楼微启的门，不由自主地走过去。这一次轻轻的叩门，他叩到了第一次保险单。当那位家庭主妇同意为儿子加投一份人身保险时，他欣喜得泪眼婆娑。

　　虽说这笔小小的业务，他只能拿到十五块钱的提成，却给了他极大的鼓舞：如果在那一瞬间，他放弃了继续努力，那所有的失败都将一钱不值，而坚持下来，所有的努力都将重新计算价值。只要不懈地叩门，他终会叩开成功的大门。

　　此后，他又遭遇了无数的失败，但他从未灰心，而是一次次地从头再来，最终他谈成了一笔笔大的业务，得到了很高的报酬，成了本地保险界的"知名人士"。

　　一天，当他坐在一家保险公司的部门经理的位置上，为几个初遇挫折便想打退堂鼓的年轻人，讲述自己当初的那段经历后，他由衷地鼓励他们："记住，别轻易地放弃叩门，成功会在你下一次叩门的时候，微笑地迎接你。"

绊倒你的也许正是金块

中文系的才子肖宇毕业后，竟出人意料地去了一家医药公司做了营销员。很辛苦地奔波了一年，他业绩平平，还不如那些中专毕业生。不服气的他干脆辞职，与两位校友合伙开了一家广告策划公司。三个聪明的脑袋凑到一起，非但没像预想的那样赚到钱，还彼此伤了友情，落了一个不欢而散。这时，肖宇又四处借贷，独自撑起一个不大门面，先是卖手机，接着又卖电脑耗材，结果是又白白地忙碌了一遭，亏空不少。

转眼间毕业五年了，商海中连连受挫的肖宇，看着昔日大学同窗在各自领域里均有不俗的业绩，不由得频频慨叹自己命运不佳，枉费了自己的聪明和勤奋。

一日，肖宇见到了大学讲哲学的韩老师，谈起自己涉世之初摔的那些跟头，韩老师笑着说："年轻人摔摔跟头也好，再说了，绊倒你的并非都是石头啊。"

"绊倒自己的不是石头，难道还能是金块吗？"他以为韩老师又要用"失败是成功之母"之类的大道理来安慰他。

"遇事需要多思考，不能草率地下结论。有时，绊倒你的也许正是金块呢。"老师依然微笑着，送他一本书，让他回去仔细读读，认真想想。

绊倒自己的怎么会是金块呢？肖宇满腹狐疑地打开韩老师送他的那本智慧书，不经意地随手翻到一页读了起来，读着读着，他不禁怦然心动于那上面的一个小故事——

19世纪中叶，美国的科罗拉峡谷发现了金矿。于是淘金者们闻讯从四面八方蜂拥而至，一时间，长长的峡谷里人声鼎沸。清贫的坎普森也怀揣发财梦，毅然离开了受雇的农场主，加入到淘金者的行列。

十分不幸，在一个漆黑的雨夜，坎普森在急切地穿越一座山谷时，不慎被一块大石头重重地绊倒了，顺着山坡滚落下去，摔得他鼻青脸肿，两条腿都骨折了，在山脚下那个好心的汤姆老人的小屋里躺了整整五个月，他才能跛着脚下地慢慢活动一下。

拖着一条残腿，他无法再去淘金了，也不能再回那个不辞而别的农场了。轻轻拭去眼泪，他跟着汤姆老人来到他跌倒的那个山谷。汤姆老人指着前方一块块淤泥堆积的滩涂，满脸自信地告诉他："孩子，这可是上帝送你的宝地啊，肥沃得插根筷子都会发芽的。"

会全套的农活，却始终没有一亩属于自己的土地的坎普森，踩着松软的淤泥，露出了笑容——他知道自己该在哪里淘金了。他向汤姆老人借来种子和农具，在那个被人遗忘的山谷里忙碌起来。

秋天来临时，那被无数淘金者忽略的滩涂，果然变成了汤姆老人预言的神奇的聚宝盆，丰收的果实让勤快的坎普森的腰包马上鼓了起来。接着，他又断断续续开垦了一片片土地。不久，他又接手了汤姆老人经营了几十年的一大片山地，雇用了许多菜农、果农和种植工，开开心心地当上了富裕的庄园主。

几年后，当初那些淘金者的命运却是——科罗拉峡谷的藏金量并不多，淘金者们把整个峡谷挖掘得满目疮痍，也只有极少数人发了财，一些人扔掉了工作，荒芜了田园，花光了本钱，抛尽了汗水，却只带着失望怅然而归，甚至有人还把性命扔在了荒山野外。

此时，已是腰缠万贯的坎普森正悠然地坐在阳光里，指着已搬到院中的那块绊倒过自己的石头，向人们自豪地讲述："这就是当年绊倒我的金块，它让我懂得了该到哪里才能淘到属于我的金子……"

"对呀，必须要找准地方，才能淘到金子。"肖宇恍然大悟。

不久，肖宇关闭了毫无生气的店铺，远离了喧嚷的市声，躲到一个僻静的地方，开始潜心文学创作。随着一部部作品的接连畅销，他很快便拥有了豪宅和名车，潇洒地成了名人俱乐部会员。

那天，正在省城新华书店签名售书时，肖宇在涌动的人群中发现了韩老师，他激动地跑上前去，恭恭敬敬地向韩老师深鞠一躬，再次由衷地感谢韩老师当初那宝贵的赠书与赠言。

西方有句俗语：上帝在向你关上一扇门时，一定会给你打开另一扇窗户。当你接二连三地遭遇失败时，切切不要急于抱怨什么，不妨坐下来认真地总结一下，不妨扪心自问：自己是否找准了努力的方向？自己的那些汗水是否播撒对了地方？肖宇的经历告诉我们——某些挫折其实正暗示自己"此路不通"，需要及时地转弯转向，需要果断地更弦易张。谁能及早聪颖地意识到了这一点，谁就能把曾经绊倒自己的石头，智慧地点化成神奇的金块。

第八辑　心灵芬芳，你的世界自然会精彩纷呈

　　经常给自己的心灵掸掸尘，才能不黯淡了自己的心空，懂得让哀伤与忧愁走远，用善美的眼睛看生活，你才能发现那些美好的事物，你的世界才不会缺少精彩，你的人生才能是亮丽的。

倾听花开的声音

在大兴安岭深处，有一间小屋很不起眼，小屋四周栽种的许许多多的花草，却非常引人注目，无论是谁，只那么不经意地一瞥，便会被深深地吸引。

那个夏日的黄昏，我邂逅了小屋的主人——那位一辈子与大山相伴的老伯。彼时，他正坐在那片姹紫嫣红的花朵中间，惬意地微闭着眼睛，一任金色的阳光轻柔地抚摸着周身，一任或浓或淡的花香扑面而来，整个人儿仿佛都进入了"物我两忘"的情境之中。

面对眼前静美的画面，我不禁放下了举起的相机，也俯下身来，和老伯一起静静地欣赏那些鲜艳欲滴的花朵和那些含苞待放的蓓蕾。

过了许久，我有些好奇地问老伯："天天守着这么多的花，怎么还会那样心驰神往？"

老伯一脸自豪地告诉我："那是美啊，尤其是花开的声音。"

"花开的声音？难道您听到了？"我惊讶得张大了嘴巴。

"当然了，那些花开的声音，我都听得见，听得懂。比如，茑萝的轻柔，剑兰的干脆，苜蓿的羞涩，芍药的热烈，木槿的含蓄……每一种花开的声音都是不一样的。"老伯像一个飘逸而智慧的隐者，目光里透着穿越时光的深邃。

"可是我怎么听不到呢？"我遗憾，又特别羡慕老伯。

"你也能够听到的，只要你心存美好，远离喧嚣，就会拂去扰耳的杂音，自然就能听到花开的声音了。"老伯哲人似的。

"哦，原来如此！"我恍然大悟地点点头。

老伯的话很值得细细咀嚼——行走在滚滚红尘当中，我们许多人都在被各种嘈杂的声音包裹着，被各种喧嚷的声音吸引着，被各种热闹的声音诱惑着，不知不觉间，许多心灵已被周遭的喧哗与纷扰包围了，已屏蔽了许多自己真正喜欢的声音，自然难以听到花开的声音了……

其实，若想听到、听懂各种美好如花的声音，必须先拥有如花一样善美、纯净的心灵。唯此，方能身心俱静，闻得那些天籁之音。譬如，听到一颗流星滑过银河时的倏然之声，听到一株参天古树迎向狂风骤雨时的激越之声，听到一棵小草寂寂地生长的悠然之音，听到一条小溪不舍昼夜奔流的欢快之音……

走进五光十色的沸腾生活，若是愿意怀着如花的心情，悉心倾听，自然也会听到各种美妙如花的声音：可以从失聪的邰丽华和她的伙伴们精彩绝伦的《千手观音》表演中，听到生命灿然之声；可以从摇着轮椅让思想穿越时空的作家史铁生那些深刻的文字里，听到人生慨然之声；可以从街角那位修鞋的老人平和的眼神里，听到生活从容之声；可以从早市那位卖煎饼的妇女有条不紊的忙碌中，听到日子充实之声；可以从母亲站在阳台上张望儿子回家的目光里，听到心房温润之声……

其实，只要敞开心扉，拥抱美好，无论是谁，都会在轰鸣的机器旁，在神圣的讲台上，在广袤的原野，在遥远的边关……从深情经过的每一处山水那里，从真情投向的每一个伟大或平凡的人物那里，听到无数动人的声音，或激越，或深沉，或雄壮，或婉转，或舒缓，或幽微，或绵长，或短暂……

岁月的长河中，美丽、芬芳的花朵在竞相绽放，一朵一朵，都传递出无比美妙的声音，都在等待着我们慧心的倾听。由此，且让我们心存爱意，一次次认真地聆听，一次次感知生命绽开的美好与神奇。

笑容的味道

那天，来自英国的心理学专家克里斯·梅诺博士告诉我：每个人的笑容，都是有味道的。

笑容怎么会有味道呢？我有些困惑不解。

一个阳光明媚的周末，梅诺博士带我走上街头，让我仔细观察来来往往的行人，试着从不同的笑容里品出不一样的味道。

一对依偎前行的年轻恋人翩然而过，男孩左手里拎一个鼓鼓囊囊的包，女孩右手里持一束花。两人似乎正被巨大的幸福包围着，熙熙攘攘的人流中，他们时尚、亮丽的衣饰和青春灼人的气息，魅力十足。他们不时地四目对视，眼睛里流淌的，是令人羡慕的柔情蜜意，青春笑靥如此灿烂，宛若枝头开得正盛的花朵。

忽然，我的目光又被街角一个中年画师吸引过去。他坐在一张折叠椅上，面前支了一个简易的画架，旁边地上摆了几张中规中矩的人物素描。偶尔有路过者，朝他和他的素描瞟一眼，他便回一个淡淡的微笑。整整一上午，没有一个人驻足，请他画一张素描。而他，似乎已料到那

191

样的结果，仍气定神闲地坐在那里，双臂抱于胸前，嘴角浅浅的笑，若隐若现。

这时，一个五六岁左右的小女孩挣脱了母亲的手，跑到附近一家影楼的广告招贴画前，伸手抱住那个憨态可掬的企鹅塑像娃娃，粉红的面颊紧紧贴着企鹅的胸脯，清脆如铃的笑声令过往的路人都忍俊不禁。小女孩认真地问妈妈："我可以和它成为好朋友吗？"妈妈笑着："当然可以，只要你喜欢。""哦，我有企鹅朋友了，我有企鹅朋友了。"小女孩兴奋地向众人宣告着，像拿到了心爱的宝贝。

梅诺博士饶有兴致地指点我："那对正徜徉爱河的恋人，满怀的都是幸福，他们的笑容热烈，是馥郁的味道；那位见过许多人世风雨的画师，早已得失不惊，他的笑容浅浅的，是轻淡的味道；那个天真无邪的小女孩，爱我所爱，无拘无束，她的笑容清纯，是香甜的味道……"

细细品味，梅诺博士说的颇有道理：每个人的笑容，的确有不同的味道。

我又情不自禁地将关注的目光投向身边的人们。于是，我从那个热情地招徕顾客的商家堆起的笑容里，闻到了丝丝矫情的味道，从那个挑着两筐水果穿街走巷的小贩汗水打湿的笑容里，嗅到了一缕苦涩的味道，从那个白发苍苍的老者皱纹舒展的笑容里，品尝到了一种沧桑的味道……还有，还有那位白富美自豪的味道、那个中学生单纯的味道，那个清洁工平静的味道，那位摄影师辽阔的味道……没错，因为年龄、职业、阅历、境遇等等各不相同，每个人的笑容，都在传递着有关生活、人生、生命不同的味道。

梅诺博士进一步启迪我："其实，只要愿意，每个人都可以让自己的笑容，散发出更加迷人的味道。"

是的，对世界抱以怎样的笑容，是我们可以选择的生命态度。就在那些丰富无比、细腻无比的笑容里面，流露着我们对各自人生最真实的感受和最自然的表达，飘散着无比丰富的味道。

用金钱买到幸福

那个周末，我和十几位朋友一起欣然地做了一回"背包客"，每人背了一大包书籍和衣物，坐客车走了三个多小时，又步行七里多的山路，前往省城外一所希望小学，向那里的孩子们献上一份爱心。

虽说大家是临时集结到一起的，年龄、身份、职业、性格等各不相同，但每个人都怀着一样的心愿，都背了统一购置的背包，组成了一个和谐的小团队。一路上，大家说说笑笑，仿佛在参加一次愉快的春游。

我身旁那位气质特好的中年女士，谈吐温文尔雅，我惊讶地得知她是一家跨国公司的总经理，手下管着数千名员工。而前面那位背了最沉的大包，脸涨得红扑扑的胖男孩，则是一位典型的"富二代"，他的父母都是电视上经常抛头露面的显赫人物。我知道，我们每个人，都是自愿选择当"背包客"的，我们都觉得自己是在做一件有意义的事情。

刚一走进那所山中的希望小学，孩子们呼啦啦地奔过来，拿着我们背来的课外读物，边翻边交流，快乐得像一群叽叽喳喳的小麻雀，简朴的教室立刻变成了一个欢乐的海洋。孩子们那一览无余的幸福，也深深地感染了我们。我们和孩子们一同且歌且舞，开心得似乎又回到了难忘的童年时光。那个扎着蝴蝶结的小女孩，一直捧着那本厚厚的字典，她激动地告诉我们："有了它，我以后再也不怕遇到生字了。"

暮色苍茫时，我们恋恋不舍地踏上了归程。每个人仍沉浸于兴奋之中，大家纷纷表示：以后一定多参加这样有意思的公益活动，可以给别人带去一份快乐，自己也分享一份快乐。

"谁还说金钱买不到幸福？只要金钱用好了方向、用对了地方，就肯定能买到幸福。"这次活动的发起者小王，是一家小餐馆的老板，他坚决否定"金钱买不到幸福"这一观点。这次活动，他出资3000元钱，亲自去书店选购了适合孩子们阅读的图书。

没错，"要是有人说金钱买不到幸福，那他只是还没有找到上哪儿去买。"我不禁想起了"股神"巴菲特掷地有声的宣言。

随着交谈的深入，我才得知：小王小时候家境十分贫寒，因为家里交不起学费，他才含泪辍学的，十七岁便到省城打工。他吃了无数的辛苦，赚的钱虽然不是很多，但他喜欢拿钱买东西，送给那些特别需要的人们，像这类的活动，他组织了好多次，他直言不讳："我还要努力地工作，多多赚钱，有钱真好，可以给别人买到幸福，也给自己买到幸福。"

那天，在电视上看到一则令人感动的新闻：一位年轻的加拿大富豪，购置了大量的帐篷和生活用品，组织了一个爱心车队，浩浩荡荡地开赴非洲的一些贫困部落，给当地饥寒交迫的人们送上真诚的关爱。当有记者盛赞他是"爱的天使"时，他连连摇头："我不是天使，我只是把我赚到的一些钱拿了出来，帮助需要的人，买一点点的幸福。"

原来，幸福真的可以用金钱买到。只要一个人内心中充满了盈盈的爱意，就会慷慨地付出金钱，去实现一个个天使般善美的心愿，让更多的人享受到金钱带来的幸福。

情意缤纷的笔名

走在五月满目青葱的原野上，阳光暖暖地烤着前胸后背，花草淡淡的清香若隐若现。忽然，想起曾答应你这个喜欢写作的美丽女孩，要帮你取一个能带来好运、别致一点儿的笔名，无须更多的思考，目光所及，呼之即出的便是一个生动的名字：陌上青青。

写作，就像在田间耕耘的农夫，希望的种子撒下了，辛勤的汗水撒下了，谁不愿意看到自己精心照料的田间长满青青的庄稼呢？那蓬勃生长的青翠，是朴素而醉人的风景，洋溢着生命的热诚与活泼，缤纷着生活的热烈与期待，即便偶尔驻足陌上，眼睛只那么随意的一瞥，心海便会波涛奔涌，不禁要向着美好浮想联翩了。

若是你感觉上述的意境辽阔了一些，那就撷取其中小小的一角吧，且曰：一叶倾心。

是的，智者善于在一枚叶子上推敲阳光，在一滴露珠上梦想海洋，最细微、琐屑的点点滴滴里面，往往藏着最博大、最深奥的玄机。写作，就是要敏锐地去感知，去细心地发现，去自由地创造，以一枚叶子深入四季的认真，倾听世界美妙的声音，也传递拂过心头的每一缕微风的颤动。倾心，向着那爱意充盈的眼睛，向着那敞开秘密的心扉……

或许，你更喜欢将每次写作都看作是与自己心灵的对话，看作是将心底的感觉、感受、感慨、感悟……娓娓道来，就像月落青苔，就像泉流石上，就像花落深谷，那自然就是：轻音漫流。

不去驾驭那些鸿篇巨制，不刻意求取所谓的深奥与玄秘，也不哗众取宠地花样翻新，只一任简单、率真亦不乏深刻的情思汩汩奔流，若穿山跃涧的溪水，一路回响着小提琴上的梵音，徐徐缓缓，从容而飘逸。

或许你已感觉到岁月的匆匆、世事的无常、人生的短暂，或许有某些刻骨的落寞，甚至某种痛彻心灵的无奈，总是挥之不去。那么有四个字或许最可寄托：落落清尘。

那是花团锦簇后的素面朝天，那是屏蔽了纷纭嘈杂后的心平气和，不要任何的修饰，也不做任何的遮掩，连寂寞也坦然呈现，连泪珠也自然滚落，但绝不做怨人，不自怨自艾，不心灰意冷，而是能承受生命之轻亦能承受生命之重，寂寥中也有一份轻喜，孤独时也有一份别样的欣悦。落落清尘，一种独特的生命体验，一种诗意的生活方式，谁能够真正地读懂？

其他的笔名呢？热烈又不失含蓄的依依，轻轻地读来，便有几多的柔情，便有几许的怜爱；古典又新潮的清平月，多么像一册新版的名著，古朴中流露出鲜明的现代气息；还有时尚得近乎前卫的醒着的梦、拈花不语、南在南方……每一个名字，都藏着一份特别的情意，都是一幅独特的风景，谁都不可以轻视，不可以慢待，而需要细细地谛听和认真的阅读，当然，更可以轻轻地抚摸和深深地品味。

其实，笔名也是一个特别的符号，是一些心情和意愿的特殊编码，内里往往寄寓了很多的情思。如此，锦年素言，就是一个情意绵绵的笔名。或许你会怀着锦绣的心情，一生流转在美丽的华年里，走无数的路，看无数的风景，拥抱轰轰烈烈的日子，也体味平平淡淡的时光，有激情如火，也有优雅如花，即便是一个个朴素的日子，也能过得诗意盎然，精彩纷呈。

也许会有些落寞，也许会有些苦楚，但那又何妨？谁没有在深夜里流过泪呢？谁没有走过落花纷纷的时节呢？真正的锦色华年，从来不只是阳光明媚、事事顺遂的，有些意外的风雨，有些疼痛的波折，正是命运珍贵的馈赠。更重要的，我相信你始终有一颗欢喜心，始终会跟着阳光走，慢慢地在光阴的长河里，且歌，且舞，且默默无语，在情不自禁时，你自然会笔端流云，会恣意文字，会凝聚了爱，追寻真，亲近善，让无数的美丽簇拥在我们身边，一生不舍不弃地追随。

哦，锦年素言，一个叫人心暖的名字，一个叫人心潮澎湃的名字，让迷茫走远，让懈怠走远，让爱牵起你的左手，让智慧牵起你的右手，愿你生花的妙笔，写出无数的锦绣文章，岁岁年年，幸福荡漾。

读响诗歌

眼看着写一首诗歌已经换不来一份快餐，我还是那么痴痴地爱着它。像迷恋着一个多情的情人，我无法让诗歌从我的身边走开。

一个人的时候，喜欢坐在小屋里，大声地朗读着那些感动心灵的诗篇，我感觉自己正是一位情感饱满的诗人。对面窗外吵闹的市场，传来上演着我熟悉的日常生活，而我的诗篇就在这上面飞翔，那份朴实与纯洁，像精装的礼品，也像随地摆放的蔬菜，我俯拾皆是。

读响诗歌，这是我亲近生活的一种美好的方式。我遥远而美丽的初恋，在我深情的朗读中缓缓走来，我能感觉到那个女孩慧子轻盈的脚步，正走过那个春天柔柔的青草，将我浪漫的青春，和一条叫松花江的大河紧紧地联系在一起。

某日，远在北京打工的一位兄弟给我寄来一本刚刚出版的诗集，抚摸着那纸张有点儿粗糙的不算厚的书，我陷入无法形容的兴奋之中。真的，眼下很多诗人纷纷改行赚钱去了，而我可爱的兄弟还在坚持着。在有限的诗歌刊物版面正被一些当官的或"有名"的所谓诗人肆无忌惮地霸占着，在很多书店只卖古典诗歌专集的当代，我只能翻阅往日那些清纯的诗歌报刊，或自己写下的简单的分行文字。我知道，我的诗句依然单纯，甚至有些幼稚，可它们一如清澈如山涧的小溪，奔淌着我的情思。

真的，就这么简单。我一个人大声地读着别人和自己的诗篇，就是在同辽远而广阔的世界倾诉着，这是比网上聊天更让我痴迷的一种交流方式。我就在那抑扬顿挫之中，品味着生活的苦辣酸甜，表达着自己特立独行的追求。

如果你也有着某种落寞，有着某些欢喜或忧郁，不妨和我一样，找一本诗刊，独坐灯前，先默默地读一会儿，再慢慢地放开声音，直到让飞扬的诗句将自己从头到脚完全淹没。那样，你会惊讶地发现：亲近诗歌，真的是亲近生活的一种美妙的方式。

爱的对面也是爱

寒假里，家住农村、生活一直贫寒的他，来到城里打工，给自己赚下学期的生活费。

虽然他只有十七岁，但作为家中的长子，他早已干过很多的脏活儿和累活儿。所以只要能够及时地发工钱，他并不挑剔干什么活儿，不管是去建筑工地搬砖，还是攀高楼擦玻璃，他都乐呵呵地去做，从不吝惜汗水，从不偷工减料。他说："人家看重的就是咱这一把力气，不能省着不用啊。"

一次，他和几个搬运工去给一个教授搬家。明明事先已讲好了价格，可那几个搬运"老江湖"刚搬了几件东西，便故伎重演地要求教授再加一点儿工钱。教授不答应，那几个人就磨磨蹭蹭地不愿干，甚至还摆出撂挑子的架势。教授急得不知如何是好，他过来劝那几个临时凑到一起的同伴："我们还是先把活儿干好吧，别再难为人家了。"

"你小子在这里做什么好人啊？有能耐你自己来搬。"那个胖子大声呵斥他。

"不是我要做好人，我是说做人做事要厚道。"他据理力争。

"你厚道，你就多干一些，我们少干一些，但工钱要拿一样的。"几个人讥笑着难为他。

"没问题，我多干一些。"他竟然爽快地答应了。

那几个人故意刁难他的"逞能"，不仅把最重的几个大件都让他来搬，还把怕磕碰的冰箱、电视等东西交给他来搬运。他一趟趟地楼上楼下地穿梭，累得双腿直打战，汗水湿透了衣衫，头发湿得像在水里洗过的一样。

当他把最后一件东西搬进教授的新家时，他一下子瘫坐在地上，大口喘着粗气，连那份平均的工钱都接不住了。

教授感动地要塞给他二十块钱小费表达心意，他摇头谢绝了："说好的，是多少就是多少，不能多收的。"

那几个同伴便笑他太傻了，说他的脑袋里灌水了，太不会办事了。

他不置可否，坦然地走了。每次干活，仍是特别卖力气，只为挣一份心安理得的工钱。

冬日的一个早上，他正在落雪的人行道上急急地走着，他要先去邮局给家里寄一笔钱，然后去接一个同乡介绍的一份好活儿。忽然，他看到一台没有牌照的小车将一位老人刮倒在路边，肇事的小车飞快地溜走了，只留下昏迷的老人躺在地上。过往的路人生怕招惹麻烦，纷纷躲到一边，只有他赶忙跑过去，伸手拦了一辆出租车，把老人送到了附近的一家医院，并掏出了兜里的钱把老人送上手术台。

老人的家人赶来后，以为是他惹的祸，非但没感谢他，还要让他拿医疗费。而这时，被摔成脑震荡的老人也不能帮他说明真相。他百口莫辩，委屈得眼泪都出来了。争执了两天后，恰巧一位当天的目击者来医院，把当天的事情经过告诉了老人的家人。

老人的家人羞愧难当，他们说没想到一个打工者会做这样的好事，